Sina Blackwood

AF190643

Mikro
Strömungen

Bibliografische Informationen der Deutschen Nationalbibliothek:
Die Deutsche Nationalbibliothek verzeichnet diese Publikation in der Deutschen Nationalbibliografie; detaillierte bibliografische Daten sind im Internet über http://dnb.de abrufbar.

© 1. Auflage: Dezember 2024

© Coverbild: Adobestock _ 732562231

A mermaid swimming underwater with a magnificent tail illuminated by light rays. Concept: magic and mystery of the ocean depths, mythical creatures of the depths © Neuro architect

Umschlaggestaltung: Sina Blackwood
Layout: Sina Blackwood

Die Personen und Namen in diesem Buch sind frei erfunden. Ähnlichkeiten mit heute lebenden Personen sind rein zufällig und nicht beabsichtigt.

Geschichtenzauber® Edition

Verlag: BoD · Books on Demand GmbH, In de Tarpen 42, 22848 Norderstedt, bod@bod.de
Druck: Libri Plureos GmbH, Friedensallee 273, 22763 Hamburg
ISBN: 978-3-7597-8282-3

Inhaltsverzeichnis

Seemannsgarn?

„Es geht die Sage ...“

Klaas packte mit genervt verdrehten Augen Sam am Arm. „Sag mal, wie oft willst du dir das Ammenmärchen des Alten noch anhören? Der faselt doch jedes Mal dasselbe!“

„Bis ich begriffen habe, was hinter der Geschichte steckt“, erwiderte Sam, Klaas' Hand abschüttelnd.

„Ein Hirngespinst.“

„Ach ja? Dann sind wohl die merkwürdigen Wirbel bei völlig ruhigem Wasser auch nur ein Hirngespinst?“, knurrte Sam mit einer hochgezogenen Augenbraue.

„Sind sie nicht! Die lassen sich messen!“, grinste Klaas. „Aber Nixen und solches Zeug kann man nicht messen und gesehen habe ich es auch noch nicht.“

„Ah ja“, witzelte Sam. „Hast du schon mal dein Gehirn gesehen?“

Klaas riss die Augen auf. „Ähhh ... nein. Aber was hat das jetzt damit zu tun?“

„Ganz einfach, wenn du es noch nicht gesehen hast, dann hast du nach deiner Theorie, die ich in dem Fall recht passend finde, auch keins", grinste Sam.

„Blödmann!"

„Das Kompliment gebe ich gern zurück." Sam wandte sich um und spendierte dem alten Mann auf der verwitterten Bank eine Büchse Bier aus seinem Rucksack. „Wohl bekomm's!"

„Danke! Vielen Dank!" Die Augen des Alten leuchteten freudig.

„Als Wissenschaftler müsstest du eigentlich wissen, dass hinter jeder Sage aus alter Zeit ein Körnchen Wahrheit steckt", begann Sam zu erklären.

„Boah eh, gehst du jetzt unter die Märchenerzähler, um rauszufinden, woher die Wirbel kommen?", schnaufte Klaas.

„Warum nicht, wenn wir mit Messungen nicht weiterkommen?", stellte Sam die Gegenfrage.

Klaas öffnete schon den Mund, um zum Gegenschlag auszuholen, als ihm einfiel, dass Sam der einzige Meeresarchäologe im Team war, und nicht nur einmal durch Recherchen nach den Erzählungen der Alten spektakuläre Funde gemacht hatte. So atmete er nur tief durch. „Okay. Hast gewonnen. Mich brauchst du ja nicht beim Zuhören. Oder?"

„Zieh ab!", lachte Sam, dann setzte er sich zu dem alten Mann auf die Bank.

Der Strand leerte sich langsam, weil die Abendbrotzeit anbrach und alle ihren Hotels und Ferienwohnungen entgegenstrebten.

„Freunde oder Kollegen?", fragte der Alte, mit dem Kopf Klaas hinterherdeutend.

„Kollegen. Noch dazu aus unterschiedlichen Sparten, die sich nicht immer untereinander grün sind", seufzte Sam. „Er ist Hydrologe, ich bin Archäologe. Er glaubt nur an das, was er messen kann, ich an alte Überlieferungen."

„Dein Spruch vom Gehirn war jedenfalls nicht schlecht", kicherte der Geschichtenerzähler. „Ich bin übrigens Fiete."

„Angenehm. Sam."

„Abkürzung oder wirklich nur drei Buchstaben?", fragte Fiete.

„Wirklich nur drei", schmunzelte Sam. „Und natürlich immer wieder dumme Sprüche wegen des Namens."

Fiete blinzelte. „Kann ich mir denken. Es hat eben jeder sein Päckchen zu tragen. Mich halten die meisten Zugezogenen für nicht ganz richtig im Kopf, weil ich bei Wind und Wetter hier hocke und den Kindern eine Geschichte erzähle."

„Wegen der Geschichte?"

Fiete nickte traurig. „Dabei will ich doch nur, dass sie nicht in Vergessenheit gerät."

„Schreib sie auf!", schlug Sam vor.

„Aufschreiben?", staunte Fiete. „Aufschreiben. Hm. Und dann setze ich mich mit dem Buch in der Hand hierher, tu ganz gescheit und erzähle sie trotzdem frei."

„So wäre meine Empfehlung", schmunzelte Sam. „Eine andere Variante könnte sein: Ich schreibe sie auf und veröffentliche sie in einem Wissenschaftsmagazin, wobei ich ganz genau angebe, dass du sie mir erzählt hast. Ich halte dich nämlich weder für senil noch wunderlich. Mich interessiert die Geschichte, weil ich glaube, dass sie das fehlende Puzzleteilchen für meine Arbeit da draußen ist." Sam zeigte ungefähr an, wo sie in den letzten Wochen getaucht waren. „Ich glaube sogar, dass sie mit dem zusammenhängt, was ich zu beweisen versuche. Nur, dass der Name meines versunkenen Schiffes vielleicht ein anderer ist. Aber in der Ostsee sind so viele Schiffe bei Sturmfluten untergegangen, dass beinahe jeder Name passen würde."

„Dein Kollege hat von Wirbeln gesprochen", stellte Fiete zur Diskussion.

Sam nickte. „Wir kriegen einfach nicht raus, was es damit auf sich hat."

Fiete schaute sich um, winkte Sam, sich näher zu ihm zu beugen und flüsterte: „Die Alten, also mein Großvater und die Fischer, haben erzählt, dass man die überall dort findet, wo sich Nixen aufhalten. Sag's nicht weiter, denn dann halten sie dich auch für einen Spinner."

Sam schaute Fiete prüfend an, da berichtete der schon: „Mein Ururgroßvater war mit fünf anderen Fischern weit draußen, als ein Unwetter aus dem Nichts über sie hereinbrach. Das Boot sei, kurz bevor es kenterte, von schier unzähligen Wirbeln umgeben gewesen. Er war der einzige Überlebende und keiner hat je erfahren, wie er mehr tot als lebendig an den Strand gelangt ist. Die anderen und die Reste des Bootes blieben für immer verschwunden. In der Hand hatte er übrigens eine ur-uralte Münze gehalten, als man ihn fand, die er, als er starb, seinem ältesten Sohn vererbt hat. So ging es weiter, bis ich sie als ältester Sohn von meinem Vater bekommen habe." Fiete zog eine Kette aus dem Hemdausschnitt, an der eine durchbohrte altrömische Goldmünze hing.

Sam erkannte sofort, dass es sich um eine Traianus Aureus Münze handelte. Er wusste, dass diese, in dem Erhaltungszustand, rund 5000 Euro unter Sammlern wert war. „Ein äußerst wertvolles Erbstück", flüsterte er. „Bewahre sie gut!"

Fiete lächelte. „Ich glaube, sie bewahrt mich. Großvater bezeichnete sie als Nixengold." Er ließ die Kette wieder verschwinden.

„Warum verrätst du mir solch ein Geheimnis?", staunte Sam.

„Du wirst es erfahren", strahlte ihn Fiete regelrecht an. „Nur nicht heute." Er schaute auf die Uhr. „Zeit, nach Hause zu gehen, ehe meine Frau eine Suchmeldung rausgibt. Ich wünsche dir einen wundervollen Abend und vielen Dank."

„Gerne! Bis demnächst und gute Nacht!" Sam nahm die leere Bierbüchse entgegen, um ebenfalls nach Hause um zu schlendern. Es war eine geradezu elektrisierende Unterhaltung gewesen. Er war in dem Vorhaben, den römischen Welthandel hier in der Region durch Funde im Meer nachzuweisen, durch die Münze an der

Kette wieder ein bisschen mehr bestärkt worden. Wo eine Münze gewesen war, mussten ganz einfach noch andere zu finden sein.

Die Sache mit den Nixen bereitete ihm wenig Kopfzerbrechen. Obwohl ... das Motiv kehrte bei vielen Völkern immer wieder. Wunderschöne Mädchen, deren Körper in einem Fischschwanz endeten. Es gab aber auch Sagen, in denen die Frauen Beine hatten und in den Tiefen von Seen und Weihern lebten. Und die Wirbel, von denen Fiete gesprochen hatte? Na ja, Wale erzeugten Blasen, um ihre Beute einzukreisen. Aber warum sollten Wale ausgerechnet im Unwetter so etwas machen? Zumindest wäre ein Wal in der Lage, ein kleines Boot kentern zu lassen. Aber so große Wale hier? Fragen über Fragen.

Er hatte gerade sein Gartentor geschlossen, als das Handy eine WhatsApp-Nachricht meldete. Acht Tage, ab Montag nächster Woche, Urlaub genehmigt. Quasi ab morgen zum Feierabend, denn das Wochenende stand nicht in den Plänen. Tief aufatmend legte er das Gerät auf den Schreibtisch und nahm sich vor, die gute Kunde persönlich Linda zu überbringen. Gleich morgen zum Feierabend. Für heute wollte er nur noch einen Happen essen und ins Bett.

„Neues erfahren?", fragte Klaas, als Sam zum Frühstück in den Pausenraum kam.

Der hob nur beide Daumen, setzte sich zu ihm an den Tisch, ohne sich über das Gespräch mit Fiete auszulassen. Zwei andere Kollegen horchten sofort auf. Sie kannten Sam schon länger und wussten die Geste zu deuten. Es war also mit Überraschungen zu rechnen.

Noch vor dem Mittag bat der Leiter der Gruppe die Mitarbeiter zur Konferenz wegen des weiteren Vorgehens. Vor allem ging es darum, dass die plötzlich auftretenden Wirbel eine Gefahr für Leib und Leben der Teilnehmer darstellten und an exakte Analysen nicht zu denken war. „Wir sollten eine halbe Seemeile weiter zur Fahrrinne der großen Schiffe rücken", schlug er vor. „Die Untersuchung der Anomalie, die solche Wirbel erzeugen könnte, werden wir verschieben."

Sam hörte auf sein Bauchgefühl und hob die Hand, um für den Vorschlag zu stimmen. Mit dem Urlaub im Hinterkopf wäre es völliger Unfug gewesen, dagegen zu sein. Und dieser veranlasste ihn auch, sich freudestrahlend eine

Stunde eher auf dem Heimweg zu begeben, um Linda im Garten ihrer Eltern mit der guten Nachricht zu überraschen. Sein plötzliches Erscheinen war zwar für beide eine riesengroße Überraschung geworden, nur keine gute …

Sam hatte schon vom Tor aus Lindas Stimme im Pavillon am hinteren Ende des Grundstücks gehört und sich zielgerichtet dahin begeben. Sie und ihr Vater schienen mit widerspenstigen Gartengeräten zu kämpfen, denn ertönten immer wieder Seufzen und Stöhnen. Sam drückte die Tür auf und blieb wie vor eine Wand gelaufen stehen.

Die eine Person war auch Linda, nur den Mann, der zwischen ihren Schenkeln lag, hatte er noch nie gesehen. Das abgrundtiefe Erschrecken der in flagranti Ertappten registrierte Sam wie durch eine Watteschicht, drehte sich in Zeitlupe um und verließ das Gartenhaus. Wie in Trance steuerte er das Auto zu seinem Häuschen, stellte es ab und schlurfte hinunter zum Strand.

Mikro Strömungen

Silberne Lichtreflexe tanzten übers leicht gekräuselte Wasser, blitzten auf, erloschen wieder und ließen ganze Areale wie mit Diamantsplittern übersät funkeln. Postkartenblauer Himmel, Sonnenschein pur und der salzige Hauch, den er von Kindesbeinen an liebte. Sam seufzte gequält. Er hatte sich auf den Urlaub mit Linda gefreut, auch wenn er den nur am heimatlichen Strand genau vor der Haustür verbringen konnte. In diesem Jahr musste er für das Institut direkt erreichbar bleiben. Das Forschungsprogramm ließ es nicht anders zu. Ein Wunder, dass man ihm die Tage überhaupt genehmigte.

Nun saß er schon drei Stunden hier, in den Gedanken gähnende Leere, starrte ins Wasser, ohne die kleinen Lichtwunder zu bemerken. Erst als die Sonne langsam ihre Bahn beendete, sich das silberne Schimmern goldrot färbte und ganze Heerscharen von Mücken über ihn herfielen, schreckte er auf.

Im Laufschritt eilte er zu seinem reetgedeckten Häuschen, das im Abendlicht mit den hohen Stockrosen hinterm Gartenzaun einladend und trostspendend zugleich wirkte. Sams Denkapparat begann erst wieder wirklich zu arbeiten, als er die Haustür hinter sich schloss.

Er folgte wie ein Traumwandler seiner inneren Stimme, was schon immer das Beste gewesen war, obwohl sich sein Kopf manchmal dagegen auflehnte. Dieses Bauchgefühl hatte auch zaghaft Bedenken gegen Linda angemeldet, als sie sich ihm vor rund einem halben Jahr an den Hals geworfen hatte. Es hatte recht behalten. Wie so oft.

Nun befahl es Sam, sämtliche persönliche Dinge Lindas in einem großen Beutel zu verstauen und direkt neben der Haustür zu deponieren, was er ohne Zögern in die Tat umsetzte. Erst dann kümmerte er sich um sein Abendbrot.

Gegen 22 Uhr klingelte es. Sam spähte durch das kleine Seitenfenster. Linda. Auf der schmalen Straße ein Taxi. Sam öffnete, drückte Linda wortlos den vollen Beutel in die Hand, schloss die Tür und betrachtete sich zeitgleich als Single.

Das Bauchgefühl klatschte Beifall. Erst recht, als er gleich noch Lindas Nummer in seinem Telefon auf die Sperrliste setzte. Dass Linda der Unterkiefer bis auf die Sandalen klappte, sah er nicht. Es hätte ihn auch nicht interessiert, dass es ihr nur mit Müh' und Not gelang, das Taxi anzuhalten, das bereits am Abfahren war.

„Was machen wir morgen Schönes?", fragte Sams innere Stimme stattdessen. *„Immerhin hast du eine ganze Woche Urlaub."*

„Mal schauen", antwortete Sam laut, eine Seekarte aus der Schublade ziehend. In Gedanken fügte er hinzu: *„Ich könnte ja da tauchen, wo es das Institut für zu gefährlich hält. Privat können sie es mir nicht verbieten."*

„War ja klar", lachte das Bauchgefühl, seinen Tatendrang diesmal nicht bremsend. Es mischte sich auch nicht ein, als Sam bereits am ganz frühen Morgen seinen Rucksack mit Proviant bestückte, die komplette Tauchausrüstung an Bord seines kleinen Motorbootes brachte und wirklich blendend gelaunt in See stach.

Das Wetter hatte genau so gute Laune. Sam wäre aber auch losgefahren, wenn es Bindfäden geregnet hätte. Solange sich Wind und Wellen in vertretbaren Grenzen hielten, war ihm Nässe so ziemlich egal.

Nach einer halben Stunde erreichte er das Areal, das ihnen neulich bei der Arbeit durch unberechenbare Mikro Strömungen aufgefallen war, wie sie die für Sekunden auftretenden Strudel genannt hatten. Sam setzte eine Boje und streifte den Tauchanzug über. Ein letzter Check der Pressluftflaschen und der Sicherheitsleine, ohne die er nie allein sein Boot verließ, dann rollte er sich rücklings ins Wasser. Auf dem ersten halben Meter Tiefe, gegen den Himmel betrachtet, hatte es diesmal sogar fast dessen Farbe, wie Sam überrascht feststellte.

„Heute kann nur ein affengeiler Tag werden", huschte es durch seine Gedanken, als er sich an der Leine am ausgeworfenen Grundgewicht in die Tiefe gleiten ließ.

Mit Blick nach unten und den Seiten, war die Sicht nicht sonderlich berauschend, wie eben in der Ostsee üblich. Sam erreichte den mit Tang bewachsenen Grund, schaltete seine Lampe ein und begann, den Boden abzusuchen. Vielleicht hatte er ja das Quäntchen Glück, auf Teile des vermuteten Schiffswracks zu stoßen. Da erfasste ihn aus fast ruhigem Wasser von hinten ein Sog, der ihn beinahe zwei Meter mitriss.

„Beim Klabautermann!", dachte Sam erschrocken, mit der Taschenlampe rundum ins Wasser leuchtend, das völlig friedlich wirkte.

Er schwamm auf die alte Position zurück, wo es ihn nach wenigen Wimpernschlägen wieder zurückriss. Sam konnte sich keinen Reim darauf machen. Es gab keine Felsen, Spalten, Risse oder andere Dinge, deretwegen sich hätten Strudel bilden können. Nicht einmal eine nennenswerte Strömung zeigte sein kleines Messgerät an.

„*Irre. Völlig irre*", stellte Sam fest, sich, weil es das Bauchgefühl so verlangte, am neuen Standort dem Boden widmend. Eine Stelle war weniger dicht bewachsen, womit sie die Aufmerksamkeit des jungen Archäologen erregte. Er stocherte mit dem Klappspaten vorsichtig herum und stieß auf Widerstand. Ehe er herausfinden konnte, um was es sich dabei handelte, musste er auftauchen. Ein ziemlich großes Tier schwamm im trüben Blaugrün der Tiefe ausgesprochen nah vorüber. Für einen Schweinswal war es zu schlank.

„*Bestimmt ein Seehund*", schoss es Sam durch den Kopf. Die verirrten sich zwar selten hierher, aber warum nicht gerade heute. Sam erreichte die kleine Leiter und kletterte an Bord. Er stellte die neue Pressluftflasche bereit, füllte mit dem Kompressor die leere Flasche wieder auf und notierte sich akribisch die Begebenheit mit den beiden Mikro Sogen, die er gefühlt hatte. Das Boot dümpelte träge auf dem ruhigen Wasser, weit, weit in der Ferne ging das Blau des Meeres nahtlos in das Azur des Himmels über, was Sam ein zufriedenes Lächeln ins Gesicht zauberte. Urlaub. Tun und lassen können, wie es ihm beliebte, ohne Boutiquen und Nobelrestaurants aufsuchen zu müssen. „Danke, liebes Schicksal!", murmelte Sam.

Und weil sich heute alles gut anfühlte, war er wenig später wieder auf dem Weg in die Tiefe, um zu ergründen, was dem Spaten Widerstand geboten hatte. Das große Tier schien noch immer da zu sein, denn er glaubte, im Trüben einen Schatten gesehen zu haben.

„Es wird mich schon nicht auffressen", dachte er belustigt und begann zu graben.

Nach wenigen Sekunden ließ er den Spaten achtlos fallen und griff mit klopfendem Herzen zur Taschenlampe, um im aufgewirbelten Boden überhaupt etwas zu erkennen. Das Fundstück war ein Eisenkessel von fast 30 Zentimetern Durchmesser, auf dessen Boden eine Handvoll Münzen lag. Dass ihn gerade wieder etwas streifte, was er an Land als Lufthauch bezeichnet hätte, registrierte er nur ganz tief im Unterbewusstsein. Blindlings tastete Sam nach dem Spaten, den er schließlich fast in Kniehöhe überm Boden am Bein spürte.

In Kniehöhe?

Sam wandte sich äußerst vorsichtig um, blickte in ein vergnügt grinsendes Gesicht und wurde im selben Moment von einem Sog umgerissen, den eine riesige, fast anderthalb Meter breite, Schwanzflosse erzeugte. Sich mehrmals überschlagend, sank er neben seinem entdeckten Schatz zwischen die Tangstängel, wo er mit weit aufgerissenen Augen auf dem Rücken liegenblieb. Dann gingen ihm buchstäblich alle Lichter aus.

Als es wieder hell wurde, lag er völlig verkrümmt in seinem Boot, die Sauerstoffflasche auf dem Rücken, Maske, Mundstück, Spaten und die eingeschaltete Lampe neben sich. Und noch etwas entdeckte er – den umgekippten kleinen Kessel, inmitten eines ganzen Teppichs aus altrömischen Münzen, der auf den Planken verteilt lag. Im Wasser, direkt neben dem Boot plätscherte es merkwürdig. Ganz anders als Wellenschlag.

„Ein Leck?!“, war Sams erster Gedanke.

Er befreite sich ächzend von der schweren Pressluftflasche, lugte über die Bordwand und wäre beinahe wieder ohnmächtig geworden. Was da im Wasser trieb, gab es eigentlich nicht: Ein schlanker Frauenkörper, der in einem silbrig-blauen Fischschwanz endet. Und nicht etwa in einem künstlich angelegten! Riesige dunkelblaue Augen, schauten neugierig unter einer brünetten Mähne aus hüftlangem Haar hervor.

„Eine Nixe?! Oh, mein Gott! Ich habe Halluzinationen! Nein, ich will nicht in die Klapsmühle!", stöhnte Sam, sich entsetzt an den Kopf fassend.

„Dann solltest du unser kleines Geheimnis ganz einfach gut bewahren", tönte es aus dem Wasser.

„Du bist echt?", stammelte er, endgültig an seiner geistigen Verfassung zweifelnd.

„Sieht so aus", lachte die Fremde. „Wenn du mir ins Boot hilfst, können wir uns sogar vernünftig miteinander bekannt machen."

Sam dirigierte, ziemlich konfus, die Fremde auf die andere Seite, wo die kleine Leiter hing. Er stieg die paar Sprossen hinab, die Schöne aus dem Meer legte ihm ihre Arme um den Nacken und er trug sie an Deck. Wo er sich mit ihr auf dem Schoß auf den Sitz am Steuerrad setzte.

Sie rückte sich etwas bequemer in Positur, deutete auf die verstreuten Münzen. „Eine kleine Wiedergutmachung, weil dich der Schreck fast getötet hätte, als ich mich zeigte. Du bist einer der ganz wenigen Menschen, die Besseres verdient haben, als ausgelöscht zu werden."

Als er völlig verdattert die Augen aufriss, lachte sie: „Ich beobachte dich schon seit Monaten und lese deine Gedanken. Und die haben mich neugierig gemacht. Zudem brauche ich deine Hilfe. Ich möchte da, wo du den Topf gefunden hast, einfach in Ruhe gelassen werden. Wenn ihr den Tang zerstört, habe ich nichts mehr zu essen und muss mich mit anderen herumprügeln, um überleben zu können. Zwar esse ich so beinahe alles, was im Wasser zu finden ist, aber Tang lässt sich nun mal schneller erwischen als irgendwelches Getier. "

Sam musste grinsen, wie locker sie diese Tatsache schilderte. „Meine Kollegen halten es eh für zu gefährlich, genau hier zu tauchen. Und ich werde sie darin bestärken", blinzelte er. „Erst recht, weil ich jetzt ahne, dass du die vielen kleinen Strudel verursachst, die wir gemessen haben. Ich muss mir nur etwas ausdenken, wo ich den Topf sonst noch gefunden haben könnte."

„Das zeige ich dir morgen. Du kommst doch morgen wieder?", fragte die Nixe vorsichtig.

„Wenn du das wirklich möchtest, werde ich pünktlich hier sein", versprach Sam lächelnd.

„Oh ja! Bitte! Ich verspreche auch, dich nie wieder zu erschrecken und dir nichts anderes Böses anzutun!", rief sie sofort. „Ich heiße übrigens Wari."

Er lächelte vergnügt: „Sehr angenehm, ich bin Sam. Versprochen, dass ich morgen wiederkomme!" Dabei war ihm durchaus bewusst, dass sie ihn mit den unübersehbaren Reißzähnen im Kiefer und den messerscharfen Krallen an den Fingern in sekundenschnelle erlegen konnte.

„Ich bin froh, dass du dich nicht vor mir gruselst", seufzte Wari, ihre Hände betrachtend.

„Gruseln? Ich finde dich faszinierend!", rief Sam.

„Wirklich?", staunte Wari, ihm ein warmherziges Lächeln schenkend. Sie wagte sogar, ihren Kopf an seine Schulter zu legen. „Das tut gut."

„Das auch?" Sam streichelte sanft ihren Rücken.

„Oh ja! Das auch."

Als er zurückfuhr, begleitete ihn die Nixe noch ein Stück und schaute anschließend hinterher, bis er im Haus verschwand.

Sam spülte akribisch seine Tauchausrüstung, hängte sie zum Trocknen auf, erst dann widmete er sich kopfschüttelnd seinem Fund. Er fotografierte und vermaß den Kessel von allen Seiten, wobei er zwar die Fundzeit, nicht aber die Koordinaten vermerkte. Die hinterlegte er sich codiert in seinen persönlichen Notizen. Nun steckte er den Kessel ins Süßwasserbad.

Jetzt waren die Geldstücke an der Reihe, welche er in einer Fotoschale ins Wasser gelegt hatte. Eine zweite, mit einem festen Deckel verschließbare, Schale stand bereit, die katalogisierten Stücke aufzunehmen.

„Das gibt es doch nicht!", flüsterte er, sich immer wieder völlig aufgewühlt an den Kopf fassend. Rund ein Drittel der Funde stammten aus der Zeit um zirka 100 nach Christus, als Trajan Kaiser gewesen war. Zwar waren es ausschließlich Silbermünzen, aber allesamt ungeheuer wertvoll. Und das eben nicht nur für Sammler.

Sam listete den Umfang seines Fundes mitsamt dem Geschenk Waris als Ganzes auf. Melden wollte er es am Montag, wenn er die Stelle kannte, wo er ihn offiziell gefunden haben sollte.

Wari. Das verträumte Lächeln hätte Sam nicht verhindern können, selbst wenn er sich noch so bemüht hätte. Er hatte Knall und Fall begriffen, dass der Zauber der Nixen kein bloßes Märchen war, genau wie diese selber. Es hatten sich ganz sicher Dutzende Männer ins Wasser gestürzt, um ihnen nah zu sein.

„Perfekt, wenn man Taucher ist“, grinste das Unterbewusstsein. Sam grinste mit.

Er freute sich wie wahnsinnig auf dem kommenden Tag. Jedes Mal, wenn er an einem Fenster vorbei kam, schaute er aufs Meer hinaus, als könne er Wari dort entdecken.

Geschichte und Geschichten

So war er auch schon am sehr frühen Morgen wieder putzmunter, bestückte seinen Rucksack mit Leckereien, von denen Linda stets hellauf begeistert gewesen war. In der Hoffnung, Wari mögen diese genau so gut schmecken. Er füllte auch zwei große Thermoskannen mit Kaffee. Dann schleppte er die Tauchausrüstung zum Boot, das heute nicht ein einziger Möwenklecks verunziert hatte.

„Danke", wisperte er hocherfreut, ahnend, wer und was dahinter steckte.

Eine Viertelstunde später ging er bereits vor Anker. Etwas abseits der Tangwiese, um Waris Nahrungsgrundlage nicht zu schädigen. Wenige Augenblicke später plätscherte es auch schon am Heck.

„Guten Morgen!", wünschte Sam mit erfreutem Lächeln, die kleine Leiter ins Wasser lassend, um Wari ins Boot zu tragen.

„Guten Morgen!", strahlte sie ihn an. „Ach ist das schön, dass du schon da bist! Und lieben Dank für diesen Ankerplatz."

Sam blinzelte vergnügt. „Ich werde mich doch nicht aus Sorglosigkeit unglücklich machen."

Wari lachte herzlich und fragte mit Blick auf die gerade erst aufgehende Sonne: „Hast du überhaupt schon gefrühstückt?"

„Ein Häppchen. Ich habe aber was mit, das auch dir schmecken könnte." Er begann auszupacken.

„Oh, ich darf mitessen?", staunte sie. „Was willst du dafür haben?"

Sam schaute sie irritiert an. „Aber sicher, darfst du das. Gemeinsam schmeckt es doch erst richtig gut", erklärte er, Kaffee in zwei Becher füllend. „Du hast doch gestern auch nichts für den Schatz im Eisenkessel verlangt, obwohl der einen Menschen zu einem richtig reichen Mann machen könnte. Sei sehr vorsichtig, es ist noch ganz heiß", fügte er besorgt hinzu, als sie nach dem Becher spähte.

„Du hast, reich machen könnte, gesagt", stellte sie fest.

„Ich bin Wissenschaftler und kein Glücksritter", erklärte Sam sehr ernst. „Diese Münzen sind so treffend genau das, was ich hier gesucht habe, dass mir gestern Abend fast schwindlig vor Glück war."

„Hmm, ich hätte wohl gleich im Boot fragen sollen, welche genau", seufzte Wari. „Ich habe doch glatt vergessen, dass Zeit für euch Menschen eine so große Rolle spielt."

„Ich kann sie dir auf dem Handy zeigen", erwiderte Sam, sofort ein paar Bilder aufrufend.

Wari begann zu kichern. „Aber das sind ja alles welche, die ich als Geschenk hinzugefügt hatte!"

„Kannst du mir sagen oder zeigen, wo du die gefunden hast?"

Wari schüttelte den Kopf. „Heute absolut unmöglich."

„Oha!" Sam kratzte sich nachdenklich am Kinn.

„Du gibst wirklich alle Münzen fort?", fragte sie hintergründig.

Sam nickte. „Ja. Es steht mir nicht zu, sie zu behalten, nicht einmal die, welche du als Geschenk hinzugefügt hast. Vielleicht bekomme ich ja Finderlohn, weil ich sie in der Freizeit entdeckt habe."

„Ich habe mich in dir nicht geirrt!", strahlte Wari. Nun endlich ganz vorsichtig die fremdartigen Speisen testend. Dabei erzählte sie: „Ich habe sowas bisher nie getan, weil ich immer

Angst hatte, vergiftet zu werden. Dir vertraue ich."

„Oh, danke!", strahlte Sam. „Das ist ja schon fast ein Ritterschlag."

Wari schmunzelte. „Ritter habe ich seit vielen Sonnenumläufen nicht mehr gesehen. Gibt es die überhaupt noch? Bei euch ändert sich doch ständig alles."

„Wie alt bist du?", staunte Sam.

Wari hob die Schultern. „Das hat uns, vom Meervolk, nie interessiert. Zeit hat keine Bedeutung. Nicht mal das, was man bei euch Jahreszeiten nennt. Die Paarungszeit ist die einzige, die uns interessiert. Aber in Menschenleben gerechnet, bin ich wohl schon ziemlich ganz sehr uralt. Kannst du was damit anfangen, dass ich die Männer, die mit den besonderen Münzen Waren bezahlt haben, als Kind mit eigenen Augen gesehen habe?"

„Kann ich", flüsterte Sam, staunend ihr zeitlos hübsches Gesicht betrachtend. Dann bestätigte er, dass es Ritter in Rüstungen, wie sie Wari kannte, schon seit einer kleinen Ewigkeit nicht mehr gab. Natürlich erzählte er ihr auch von der Schweizer Garde des Vatikans und was diesen am Ende weitläufig mit den Trajansmünzen verband, nämlich Rom. Und auch, dass Trajan jener Herrscher war, unter dem das Römische Reich seine größte Ausdehnung erfahren hatte. „Ich wühle hier im Schlick des Meeresgrundes herum, weil ich an Hand von anfassbaren Funden beweisen möchte, dass die Handelsbeziehungen bis hierher reichten", berichtete er. „Dank dir kann ich das sogar jetzt schon zu einem Teil."

Wari lauschte staunend, schaute auf dem Display seines Smartphones Bilder an und ging kaum merklich immer enger auf Tuchfühlung. Es machte Spaß, ihm zuzuhören und vieles bestätigt zu bekommen, was sie selbst erlebt hatte, ohne die Tragweite für Menschen gekannt zu haben. „Ich glaube, ich muss mal kurz ins Wasser", murmelte sie mit kratziger Stimme. „Ich war noch nie so lange auf dem Trockenen."

Sam ließ sie vorsichtig aus seinen Armen ins Wasser gleiten. Wari blieb direkt neben dem Boot. „Du musst dir keine Vorwürfe machen. Ich bin schließlich alt genug, um wissen, dass Wasserwesen in der sengenden Sonne schnell austrocknen können. Dabei möchte ich so gern einmal richtig aufs Land, dein Häuschen von innen anschauen und mehr von deiner Welt kennenlernen.“ Wari streckte ihm die Hände entgegen. Wieder im Boot schmiegte sie sich fest an ihn.

„Wenn es wirklich dein Wunsch ist, und du mir auch dabei vertraust, werde ich für dich das Unmögliche möglich machen“, versprach Sam lächelnd.

„Wie?“, staunte Wari.

„Psssst. Das wird noch nicht verraten“, blinzelte er, sie zärtlich auf die Stirn küssend.

Wari fühlte sofort tausend kleine Fischlein im Bauch herumschwimmen. Solche Berührungen schenkten sich Menschen untereinander, wenn sie sich ganz sehr mochten. Dabei hatte sie ihre geheimen Kräfte nicht einmal aktiviert.

Ein anderes Boot näherte sich. Wari blieb keine Zeit, um ungesehen im Wasser zu verschwinden. Sam reagierte blitzschnell. Mit der einen Hand hängte er ihr seinen Bademantel um die Schultern, mit der anderen zog er das große Saunatuch über ihre Flosse, mit welchem er sich sonst abtrocknete. „Puh, das war knapp!“, rief er, als das andere Boot nicht einmal zwei Meter neben ihnen vorbeifuhr. „Auf den Schreck habe ich etwas besonders Leckeres für dich“, blinzelte er, eine Tafel Schokolade aus der Kühltasche kramend.

Wari verdrehte selig die Augen, als sie sich das erste Stückchen langsam auf der Zunge zergehen ließ. „Jetzt beginne ich zu ahnen, welche Köstlichkeiten die Gäste in den Strandcafés auf dem Teller haben."

„Ich schwöre, dass ich irgendwann mit dir in einem der Cafés oder einem Restaurant essen gehen werde", sagte Sam.

„Wie denn?" Wari betrachtete ihre Krallen und deutete auf den Fischschwanz.

„Mir fällt schon was ein", blinzelte Sam vergnügt. „Du musst nur ein kleines bisschen Geduld haben."

Wari kicherte. „Ist schon verrückt. Du bist der allererste Mensch, zu dem ich volles Vertrauen habe."

„Ich werde auch alles daran setzen, das niemals zu verlieren", erwiderte Sam.

Die Nixe schaute zur langsam untergehenden Sonne. „Ich glaube, es wäre eine ziemlich dämliche Idee, dich jetzt zu einem Tauchgang aufzufordern. Dann überwachen eure Behörden, oder wie man das nennt, vielleicht dein Boot. Treffen wir uns morgen wieder hier?"

Sam nickte. „Ich werde wieder kurz nach Sonnenaufgang hier sein. Ich freue mich auf morgen."

Er drückte Wari noch einmal fest an sich und küsste sie auf die Stirn, ehe er ihr ins Wasser half. Und wieder schaute sie ihm nach, bis er im Haus verschwand.

Nur blieb er diesmal nicht zu Hause. Er beschloss, in einer kleinen Fischgaststätte Abendbrot zu essen und gleich die Lage zu checken, ob er seinen Plan für Wari dort durchführen könne.

Er trat ein und wurde im selben Moment beim Namen gerufen. Erstaunt drehte er sich um. „Ah, Fiete! Guten Abend!"

„Hier ist ein Plätzchen frei!" Der Alte zeigte auf den Stuhl neben sich.

„Lieben Dank!" Sam grüßte in die Runde am Tisch.

„Wir haben Altherrenabend", lachte Fiete, auf die anderen vier Männer zeigend.

Der Wirt kam. „Oho, welch seltener Gast hat sich eingefunden. Ich dachte, du kehrst jetzt nur noch in Szenekneipen und Edelfuttertempeln ein."

Sam zuckte breit grinsend mit den Schultern. „Eine Runde Bier auf mich", sagte er als Erstes. „Dann hätte ich gern die Kutterscholle. Könnte sein, dass ich nun wieder öfter hereinschneie."

„Ohoooo, im Lotto gewonnen?!", grinste einer.

„Sowas ähnliches", blinzelte Sam. „Ich habe Urlaub und eine kostenintensive Beziehung beendet. Es ist für mich erfüllender, eine Runde Bier in gemütlicher Atmosphäre zu spendieren, als mir stundenlang anzuhören, dass eine andere Frau mit dem gleichen Fummel gesichtet worden ist."

Alle lachten.

„Siehst auch entspannter aus, als die letzten Tage", stellte Fiete nicht unzufrieden fest.

Der Kellner nahte mit dem Bier und alle prosteten Sam zu, der vergnügt grinsend dankte. Klar wollten die Männer auch erfahren, was die Wissenschaftler so nah am Strand trieben und besonders, welche Rolle Sam zukam. Also erzählte er all das, was eh offen im Fernsehen diskutiert worden war, ehe er ein bisschen mehr über sein Feld der Meeresarchäologie berichtete.

Fiete atmete auf, weil kein Wort von den Strudeln fiel, welche die Crew letztendlich da draußen vertrieben hatte. Sam nannte es ‚schwierige Bedingungen bei zu flachem Wasser'. „Ich habe es irgendwie im Gefühl, dass da irgendwo mein ganz großer Fund wartet", seufzte er, sich den Bierschaum des letzten Schlucks von den Lippen wischend. „Deswegen stöbere ich auch ein bisschen im Urlaub weiter. Ich muss ja keine Strömungen und Temperaturen messen."

„Wir drücken dir alle die Daumen!", versprach Fiete.

Da kam schon die lecker zubereitete Kutterscholle. Auf Sams Gesicht ging die Sonne auf.

„Endlich fürs Geld satt essen!", witzelte der Wirt hinter seinem Tresen, auf die winzigen Kleckschen in den Nobelrestaurants anspielend.

„Da sagst du goldene Worte!", kicherte Sam und ließ sich den herrlichen Fisch auf der Zunge zergehen.

„Hast du gehört? Paul ist gestorben!", wandte sich einer an Fiete.

„Hab ich, er wohnte schließlich genau gegenüber. Er hat auch schon lange gar nicht mehr gut ausgesehen. Wenn ich daran denke, was Hilde für Kopfstände gemacht hat, damit er endlich einen Rollstuhl bekam, den die Kasse ja nicht bezahlen wollte! Höchstens drei oder vier

Mal hat er drin gesessen, weil schon alles zu spät war. Jetzt hat Hilde das teuere Ding an der Backe und keiner will es haben. Paul war ja zuletzt nur noch so schmal wie ein Hering zwischen den Augen, da wird sie suchen müssen, ehe jemand rein passt.", erzählte Fiete. „Wenn ich ihr nur irgendwie helfen könnte!"

„Kannst du vielleicht", murmelte Sam mit geschlossenen Augen. „Ich hätte Interesse."

„Was? Wie? Hä? Echt?", erklang es in der Runde.

Sam nickte langsam. „Ja, ich hätte Interesse. Ich denke, die junge Frau, für die ich ihn haben möchte, wird dankbar sein, sich freier bewegen zu können."

Fiete zog sein Handy aus der Tasche, schaute Sam fragend an, der noch einmal nickte. Schon beim zweiten Rufton hob jemand ab. „Hallo Hilde, hier ist Fiete. Ich hätte einen Käufer für den Rollstuhl. Warte, ich reiche das Telefon an ihn weiter!"

Sam nahm es entgegen. „Sam Röwer, guten Abend! Was soll er kosten und wann könnte ich ihn wo abholen? Ah, ja, dafür nehme ich ihn gern. Ja, das Haus kenne ich." Er schaute auf die Uhr. „Wenn es Ihnen nicht zu spät ist, bin ich gegen 20:30 Uhr da. Prima. Bis dann!" Er reichte Fiete das Gerät zurück.

Fiete verabschiedete sich und ließ fallen, mit Sam in der Fischkneipe zu sitzen. „Na, das geht natürlich auch. Ich spendiere dir ein leckeres Abendbrot. Bis gleich." Schmunzelnd steckte er das Handy ein. „Sie bringt den Rollstuhl her."

Sams Augen weiteten sich in ungläubigem Staunen.

„Ich kann sie verstehen", murmelte ein anderer, die zwei an seinem Ringfinger steckenden Trauringe streichelnd. „Ist drei Jahre her. Schmerzt noch immer."

Sam nickte. „Fühlt sich nie gut an, geliebte Wesen zu verlieren. Egal ob Mensch oder Tier."

Zwei Wimpernschläge später schob Hilde bereits den zusammengefalteten Rollstuhl über die Schwelle. Sie wurde von den Männern freudig begrüßt und Fiete machte sie mit Sam bekannt, der die betagte Dame auf den Stuhl neben sich bat.

„Du musst doch gerannt sein!", staunte Fiete, auf die Uhr schauend.

Hilde lachte. „So ähnlich. Die Füße wurden, vor Freude immer schneller. Oder aus Angst, der junge Mann könne es sich noch einmal überlegen. Vielleicht auch aus einer Mischung aus beidem." Sie atmete tief durch, um endlich zur Ruhe zu kommen.

„Was möchtest du essen und trinken?", fragte Fiete.

„Am liebsten hätte ich Gläschen Weißwein und zwei Grüne Heringe."

Sam bestellte gleich am Tresen auf seine Rechnung und kredenzte Hilde den Wein persönlich. Das Essen kam ebenfalls ganz schnell und die alte Dame lächelte dankbar. Sie kam auch erst zum Geschäftlichen, als der Teller leer war und das zweite Glas Wein auf dem Tisch stand. So kramte sie alle Papiere aus der Handtasche. Mit den Worten: „Ist noch ewig lange Garantie drauf", schob sie Rechnung und Bedienungsanleitung zu Sam hinüber.

Der reichte ihr die Scheine aus seiner Tasche. „Ich bin Ihnen von Herzen dankbar."

„Na, ich erst Ihnen! Ich dachte schon, ich müsste Bekannte bitten, das hübsche Stück bei eBay, oder wie der neumodische Kram heißt, zu verkaufen. Mir ist doch viel lieber, wenn ich weiß, dass es jemand hat, der es wirklich zu schätzen weiß. Wer ist der Unglückliche, der auf einen Rollstuhl angewiesen ist? Falls die Frage nicht zu vermessen ist."

„Ich möchte ihn für eine liebe Freundin haben, die ohne Füße geboren ist. Sie kommt zu mir auf Besuch und ich will ihr die allerbesten Bedingungen bieten, die sich auf die Schnelle einrichten lassen."

„Guter Junge", murmelte Hilde und fügte laut hinzu. „Ich glaube, der passt auch durch ein Nadelöhr."

„Durch die Türen wird er ganz sicher kommen", bestätigte Fiete mit undefinierbarem Lächeln.

Hilde schickte sich inzwischen an, Sam in die Technik einzuweisen. Ja, damit ließ sich richtig was anfangen. Er setzte sich zur Probe selbst hinein.

„Hier vorn ist ein Tisch für Rollstuhlfahrer!", rief ihm der Wirt zu, auf die andere Seite der Tür deutend.

Sam manövrierte sich per Rollstuhl an den angegebenen Punkt. „Perfekte Höhe", sagte er sehr zufrieden. „Es ist durchaus damit zu rechnen, dass wir hier einkehren."

Hilde machte sich mit den Männern zusammen auf den Heimweg. „Sag's nicht deiner

Angetrauten", bat sie Fiete, „dann weiß es morgen halb Mecklenburg."

„Geht klar", schmunzelte der, während die anderen amüsiert grinsten.

Landgang

Der nächste Morgen begann natürlich wieder mit sehr frühem Weckerklingeln, um Wari nicht warten zu lassen. Sam frühstückte, kontrollierte akribisch seine Tauchausrüstung und startete kurz darauf den Motor.

Wari tauchte auf halber Strecke neben seinem Boot auf, welches sie in gleicher Geschwindigkeit, fast spielerisch, weit hinaus begleitete.

„Phänomenal", staunte Sam über das rasante Tempo der Nixe.

„Noch schneller wäre echt unangenehm", blinzelte sie vergnügt. „Du weißt ja, dass ich lieber Tang und Krabben esse, als Heringe zu jagen."

„Und was ist mit Scholle?", grinste Sam.

Wari grinste zurück. „Erwischt. Bei euch würde eine alte Frau sagen: Hetz mich nicht."

„Auch wahr." Sam wollte ankern.

Wari schüttelte den Kopf. „Warte noch. Von hier aus musst du zu weit schwimmen. Die Fundstelle, die ich dir zeigen werde, würde dir keiner abnehmen, falls man dein Boot beobachtet. Ich muss auch im Wasser bleiben, weil heute irgendwie der Teufel los ist. Die Küstenwache ist schon drei Mal hier vorbeigekommen."

„Dann wäre es wohl besser, wir beide machen einen ausgedehnten Landgang zu meinem Häuschen?", dachte Sam laut nach.

Wari schaute ihn überrascht an.

„Ich habe einen Weg gefunden, dich sicher und unverdächtig dahin zu bringen", erwiderte er auf den skeptischen zweiten Blick. „Mittels Rollstuhl und einer Decke, die wir um deine untere Körperhälfte wickeln."

„Rollstuhl? Kenne ich. Decke? Interessante Idee. Hab in den kühleren Monaten tatsächlich schon viele Leute gesehen, deren Beine in einer Art Sack verborgen waren, wenn sie in so einem fahrenden Ding saßen." Wari schaute zum Strand. „Na dann! Packen wir es an!"

„Damit es nicht auffällt, hole ich dich jetzt ins Boot, ziehe dir mein T-Shirt über und decke deinen Schwanz zu. Ich lasse den Tauchanzug an. Ich werde das Boot am Steg vertäuen und sofort den Rollstuhl holen. Du musst keine Angst vor irgendwas haben. Falls wirklich jemand kommt, verstecke deine Hände und versuche, die Lippen nicht ganz zu öffnen, damit sie nicht deine Zähne sehen. Kann es losgehen?"

„Ja." Wari ließ sich ins Boot ziehen, legte das Shirt an und verbarg ihren Schwanz. „Ich bin sehr aufgeregt."

„Ich auch. Gemeinsam packen wir es", versprach Sam, langsam zum Strand zurückfahrend.

Er konnte Waris Herz überlaut schlagen hören, als er sich samt Tauchausrüstung auf den Weg machte, den Rollstuhl zu holen. Damit es nicht gar zu komisch aussah, aber schnell ging, zog er Jeans und Hemd gleich über die nackte Haut, schlüpfte in Clogs und eilte, zwei dünne Decken im Rollstuhl, zu Wari zurück.

„So, nun wird sich zeigen, ob meine Idee etwas taugt", meinte er, die Tücher mit Sicherheitsnadeln zusammensteckend. „Halte es bitte ein bisschen fest, damit wir uns nicht unfreiwillig verraten." Wari nickte. Er nahm sie sacht auf beide Arme und hob sie aus dem Boot direkt in den Rollstuhl. „Und jetzt bitte an den Armlehnen festhalten, weil ich irgendwie über den lockeren Sand kommen muss."

Wari nickte wieder, so um die Polster greifend, dass ihre spitzen Nägel nicht zu sehen waren. Sam kippte den Rollstuhl nach hinten an und zog ihn rückwärts bis zum festen Weg, wo er ihn sofort richtig in Fahrtrichtung drehte. „Na siehst du, die ersten Hürden hätten wir schon mal perfekt gemeistert."

„Ist das aufregend!", wisperte Wari, alles mit kullerrunden Augen betrachtend.

„Schwupp! Schon sind wir im Garten!", freute sich Sam, das große Tor schließend.

Wari atmete tief durch. „Ich war noch nie in meinem ganzen Leben eingesperrt."

„Das bist du auch jetzt nicht", erwiderte Sam sehr ernst. „Wenn du zurück ins Meer möchtest, bringe ich dich sofort dort hin."

„Ich weiß", seufzte Wari. „Würde ich dir nicht vertrauen, hätte ich mich gar nicht auf den Vorschlag eingelassen. Ist einfach nur eine Tatsache, dass ich noch nie an einem Ort war, den ich nicht ganz schnell wieder aus eigener Kraft verlassen konnte."

Sam streichelte ihre Wange und schob sie über die Türschwelle.

„Ahhhh!" Wari war in den nächsten Augenblicken mit Staunen beschäftigt. Viele ähnliche Dinge, wie in Sams Wohnung, hatte sie schon auf Schiffen, Booten und am Strand gesehen oder wenn sie über Bord gingen und durch Sturmfluten ins Meer gespült wurden. „Sieht gemütlich aus und die Energie hier fühlt sich gut an", stellte sie schließlich laut fest. „Eigentlich müsstest jeder hier sehr glücklich sein."

Sam schaute sie erschreckt an.

„Ich kann fühlen, dass bis vor kurzem diese Frau hier war, die den Energiefluss störte. Hast du sie deswegen hinausgeworfen?"

Sam begann zu lachen. „So ähnlich. Machen wir es uns erst mal richtig gemütlich, dann erzähle ich dir, was geschehen ist. Sag mir sofort, wenn du den Kopf ins Wasser stecken oder dich in die Badewanne legen möchtest. Ich fülle sie jetzt mit Wasser und mische etwas Salz hinein." Gleichzeitig nahm er ihr die Decke ab. Dass er es mit dem T-Shirt nicht tat, ließ Wari innerlich kichern. Offenbar stimmte, was man sich über Menschenmänner erzählte. Die kamen beim Anblick einer gut gebauten oberen Hälfte sofort in Paarungsstimmung. Sam hatte gerade den nächsten Pluspunkt gesammelt.

Sie folgte ihm, sich nun selbst mit den Greif-reifen anschiebend. „Juhuuu, ich kann mich an Land bewegen, ohne kriechen zu müssen!", jubelte sie und erwiderte glücklich den Kuss, den ihr Sam auf die Lippen hauchte. Dann beobachtete sie sehr genau die Handgriffe, um kaltes Wasser in die Wanne zu bekommen, wobei Sam erklärte, was und warum er es tat.

„Aha! Rot ist also heiß!", rief Wari. „Das werde ich mir ganz sicher merken. Rot sieht ein bisschen wie Feuer aus. Blau hingegen wie Eis-berge."

Schnell standen Getränke und Knabbereien auf dem Tisch. „Du musst sicher viel Flüssigkeit tanken, damit du nicht austrocknest", blinzelte er, sie auf das gemütliche Sofa hebend, wo er ihr zwei Kissen in den Rücken schob. Nun zog er sich den Sessel direkt neben sie, schenkte Fruchtsaft ein und begann zu erzählen.

„Ich hätte diese Frau an deiner Stelle bestimmt erwürgt", sagte Wari trocken. „Aber du bist ein ganz besonderer Mensch, der auch aus ver-meintlichem Unglück Positives ziehen kann."

„Hmm, hmm, sonst hätte ich meinen Urlaub zwischen Ladenregalen und Kleiderständern verbracht, Häppchen gegessen, von denen sich der Magen veralbert vorgekommen wäre, und dich vielleicht niemals kennengelernt." Er streichelte sanft Waris Hand.

Die lachte vergnügt. „Und ich hätte vielleicht niemals eine menschliche Wohnung von innen gesehen. Klar bin ich schon durch gesunkene Schiffe geschwommen, habe dies und das entdeckt und ausprobiert, aber das ist kein Vergleich zu dem, was ich hier erlebe. Nicht, da hat mal ein Mensch drauf gesessen – da sitzt einer direkt neben mir drauf, den ich noch dazu sehr, sehr mag." Der schmachtende Blick ließ Sam hellauf lachen.

„Jetzt verstehe ich langsam immer besser, warum es heißt, die Männer würden sich reihenweise ins Meer stürzen, um euch nah zu sein."

Wari zog einen Schmollmund. „Dich muss man wohl mit Gewalt vom Schiff zerren!"

Nun lachte Sam noch mehr, hob sie auf seinen Schoß und drückte sie fest an sich. Wari kicherte vergnügt. Sie fühlte, wie sehr er sie ebenfalls mochte. Sie nahm die vielen Zärtlichkeiten mit sanftem Lächeln nur zu gern an und kuschelte sich in Sams Arme.

Als die Mittagszeit nahte, folgte sie ihm im Rollstuhl in die Küche, um mit großen Augen stumm ergriffen zuzuschauen, wie er Kartoffeln

zubereitete, Zanderfilets in duftende Kunst-
werke verwandelte und Gemüse dünstete. Dass
er ihr jeden Handgriff erklärte, fand sie grandios.
Als er den Tisch festlich deckte, staunte sie noch
mehr.

„Darf ich eine Kerze anzünden, oder fürchtest
du dich zu sehr vor Feuer?", fragte er schließlich.

„Ich ... ich ... weiß ... nicht", flüsterte Wari
unsicher. „Aber andererseits ..." Sie schloss für
einen Moment die Augen. „Mach sie an. Ich
weiß, dass mir bei dir nichts Böses geschehen
wird. Zudem möchte ich kein Angstfisch sein,
wenn das die Gelegenheit ist, so etwas wirklich
kennenzulernen."

„Ich stelle sie in einen Glaszylinder, damit du
keine Furcht haben musst", versprach Sam, den
Worten Taten folgen lassend.

Wie das Flämmchen aus dem Feuerzeug auf
den Docht über sprang, faszinierte die Nixe.
„Bisher habe ich Flammen nur von Ferne beobachtet und wenn Feuer auf Schiffen ausbrach.
Es waren stets verheerende Brände gewesen,
Trümmer und Tote trieben oft tagelang im Wasser. So waren einst auch die vielen Münzen auf
den Grund gelangt, nach denen du forschst",
erzählte sie, während sie sich bemühte, wie Sam
mit Besteck zu essen. „Das ist so lecker!", rief
sie immer wieder, Sam damit ein Lächeln aufs

Gesicht zaubernd. „Ich glaube, ich muss dich heiraten", blinzelte sie.

Sam riss die Augen auf. „Ach du großer Gott! Mich?! Lebt ihr auch in festen Familienverbänden?"

Wari schüttelte den Kopf. „I wo! Ich habe den Satz nur schon so oft gehört, wenn jemandem durch andere Menschen etwas Gutes geschehen ist, dass ich dachte, das sei nichts weiter als ein Kompliment."

Worauf ihr Sam erklärte, was eine Ehe bedeutete.

„Da war es richtig, diese Frau gleich wegzujagen, weil sie sich später sicher auch noch mit einem anderen Mann gepaart hätte", überlegte Wari laut. „Eure Welt ist furchtbar kompliziert. Trotzdem würde ich dich heiraten. Ich könnte sicher auch viele Dinge lernen, die eine Menschenfrau für dich tun würde."

„Du meinst das offenbar ernst", vergewisserte sich Sam vorsichtig.

Wari nickte versonnen. Plötzlich hob sie den Kopf. „Was ist eigentlich ein Keks?"

„Ein Keks? Ein kleines Stück haltbares Gebäck. Einen Augenblick, ich habe sogar welche im Haus." Sam eilte davon und kam mit einer Packung Butterkekse wieder. Er reichte Wari einen und nahm sich ebenfalls etwas aus der Packung.

Die Nixe drehte ihren unschlüssig zwischen den Fingern. „Und wie geht man da drauf?"

Sam brauchte einen Moment, dann begann er herzhaft zu lachen. „Du meinst die Redewendung, jemandem auf den Keks gehen!"

„Ja, genau das meine ich! Wie geht das? So ein Keks ist doch winzig klein."

Sam begann grinsend zu erklären, was am Ende auch Wari lachen ließ.

„Ihr sagt ständig Dinge, die eine völlig andere Bedeutung haben. Wie versteht ihr euch dann eigentlich?"

„Das klappt nicht immer und nicht mit jedem. Manchmal geht das voll in die Hose", erwiderte Sam, um mit noch breiterem Grinsen die volle Hose zu erklären.

„Ich gebe auf!", kicherte Wari mit lustig verdrehten Augen. „Aber bei dem Thema fällt mir ein, dass ich auch Verdauungsabfälle loswerden müsste." Und setzte schnell hinzu: „Die Stelle an meinem Körper ist etwa da, wo die volle Hose bei euch ihren Ursprung hat."

„Das sollte kein Problem werden." Sam lotste sie ins Bad, wo er ihr die Funktion der Toilette detailliert erklärte.

Wari zog die Augenbrauen zusammen. „Und was runtergespült wird, landet dann direkt im Meer?"

„Nein, das fließt zur Kläranlage, wo es aufbereitet wird. Ich erkläre es dir nachher, nicht, dass wir doch noch eine volle Hose haben." Er schloss verschmitzt lächelnd die Tür.

„Oh je", seufzte Wari, das ungewohnte ‚Stille Örtchen', wie es die Menschen manchmal nannten, auf Nixentauglichkeit zu testen. Sie spülte auch erst, nachdem sie sich in den Rollstuhl umgesetzt hatte, um zuzuschauen, wie alles irgendwohin verschwand. Sam würde ihr nicht nur die Sache mit der Kläranlage erzählen müssen, sondern auch, warum trotzdem ganz viele menschliche Fäkalien ins Meer gelangten. „Ach ja, Hände waschen, hat er gesagt. Autsch! Heiß!"

„Alles in Ordnung?", rief Sam beunruhigt.

„Alles bestens. Ich habe nur verträumt, beim Händewaschen auf das blaue Wasser zu achten", gab Wari mit hilflosem Schulterzucken zu.

„Ist ja auch ein bisschen viel Neues auf einmal", tröstete Sam.

„Hmm, aber ich lerne das! Versprochen!" Sie ließ sich wieder auf das Sofa heben. „Sag mal, Sam, habt ihr irgendeine Technik, mit der man meine scharfen Krallen weniger gefährlich machen kann? Ich habe ständig Angst, Schaden anzurichten. Wie gern möchte ich auch deine Haut streicheln, wie du es mit meiner tust. Aber dann hast du überall blutige Striemen." Sie verzog das Gesicht, als müsse sie gleich weinen.

„Ich werde drüber nachdenken", versprach Sam. „Meine erste Idee ist für dich sicher viel zu gefährlich."

„Wie meinst du das?"

„Abfeilen. Aber ich habe ja keine Ahnung, ob die Krallen wieder nachwachsen. Vielleicht wärst du danach für immer völlig hilflos im Wasser."

Wari betrachtete nachdenklich ihre Hände. „Die wachsen bestimmt nach. Weil die sich ja manchmal auch stärker abnutzen. Wenn ich Muscheln öffne, zum Beispiel. Dann werden sie kürzer und sind vorn oft gar nicht mehr spitz. Nach zwei oder drei Tagen haben sie sich erholt. Ich möchte, dass du es probierst!"

„Einverstanden. Aber nicht mehr heute. Die Sonne geht schon langsam unter."

„Darf ich bei dir schlafen?"

Sam riss die Augen auf.

„Ich bin viel zu müde, um nach Hause zu schwimmen", gähnte Wari. „Sonst ruhe ich mich ein paar Mal am Tag aus", fügte sie erklärend hinzu.

„Wenn es wirklich dein Wunsch und Wille ist", sagte Sam, nun doch sehr überrascht. „Du gehst in die Badewanne, damit du nicht austrocknest, während ich das Abendbrot zubereite. Nach dem Essen dusche ich und dann kuscheln wir uns zum Schlafen zusammen."

„Oh ja, Kuscheln!" Dann warf sie einen traurigen Blick auf ihre Krallen.

„Okay, okay, ich schaue gleich nach dem Essen, ob ich geeignete Feilen und Schleifpapier im Haus habe. Mit einer einfachen Nagelfeile wird da nichts zu machen sein. Quälgeist."

Wari grinste vergnügt.

„Ach schau an! Da ist das Nixlein gleich putzmunter!", lachte Sam und bekam ein heftiges Nicken. So brachte er Wari in die Wanne, um anschließend immer wieder amüsiert kopfschüttelnd das Abendbrot zusammenzustellen und gleichzeitig nachzudenkend, welche Methode des Krallenschleifens die Schonendste sein könnte.

„Machst du dir nicht zu viele Gedanken?", hörte er Wari sagen und wirbelte herum. Nur stand sie nicht hinter ihm. Sie lag nach wie vor in der Badewanne, den Kopf unter Wasser. Allerdings grinste sie vergnügt, als er völlig perplex über den Rand schaute, wobei er wieder Worte vernahm, obwohl sie nicht einmal den Mund bewegte. *„Du bist begabt. Man nennt es auch bei euch Telepathie. Nur beherrscht sie bei euch kaum einer. Du bist eben, auch wenn ich mich wiederhole, ein ganz besonderer Mensch."* Sie tauchte auf. „Ich glaube, ich bin wieder fit."

Sam hüllte sie in ein großes Saunatuch und wunderte sich schon wieder, wie rasend schnell ihre üppige haselnussbraune Mähne trocknete, die sich auch völlig anders als menschliches Haar anfühlte.

„Hast recht, mache Geheimnisse sollten einfach welche bleiben", kicherte sie.

„Olle Gedankenleserin!", schimpfte Sam gespielt theatralisch, blinzelte ihr aber gleichzeitig zu.

„Es ist schön, ein bisschen herumzualbern", strahlte ihn Wari an.

„Stimmt", gab Sam sichtlich zufrieden zu und wunderte sich immer mehr, wie er auf jemanden wie Linda hereinfallen konnte. Zudem hielt ihn das Bauchgefühl nicht ein einziges Mal zurück, Waris völlig harmlose Wünsche zu erfüllen.

So saßen sie spät am Abend am Küchentisch und testen Werkzeug auf Tauglichkeit. Die beste Variante war jene, wo sich Wari selbst eine Feile griff und Späne abzuheben begann. Am Ende glättete sie die Ränder mit Schleifpapier.

„Sieht gut aus!", stellten sie synchron sprechend fest.

„Ich habe Frauen gesehen, die bunte Nägel hatten", sagte Wari plötzlich.

„Dann müssen wir wohl morgen Nagellack kaufen gehen", kicherte Sam.

„Das würdest du tun, obwohl du Einkaufen hasst?", staunte Wari.

„Weil du es bist", blinzelte er. „Und am besten gleich ganz früh morgens, wenn die anderen noch schlafen."

„Danach fahren wir aber aufs Meer, weil ich ein Versprechen einzulösen habe", bat Wari.

„Abgemacht! Doch jetzt gehen wir schlafen, sonst bekommen wir so früh nicht mal die

Augen auf", witzelte Sam. „Du weckst mich sofort, wenn du irgendwelche Probleme mit der Trockenheit hast!"

„Versprochen!"

Sam stellte noch eine große Flasche Wasser auf das Nachtschränkchen, dann half er Wari, ins Bett zu kriechen, legte sich neben sie, nahm sie in den Arm und zog die dünne Decke über beide. Wari musste wirklich mit ihren Kräften am Ende sein, denn sie schlief augenblicklich ein.

„Verrücktes Huhn", wisperte Sam, mit dem Finger sanft ihre Wange streichelnd und genau so schnell wegdämmernd.

Als ihn seine innere Uhr im Morgengrauen aus dem Bett treiben wollte, strahlten ihn große dunkelblaue Augen an. Der vergangene Tag war kein Traum gewesen.

„Noch ein bisschen Kuscheln", flüsterte Wari und Sam erfüllte die Bitte mit ganzer Hingabe.

Wari relaxte in der Badewanne, als sich Sam Tag fein machte und sich ums Frühstück kümmerte.

„Stürzen wir uns ins Einkaufsgetümmel?", fragte er schließlich.

„D ... d ... du willst mich wirklich mitnehmen?", stotterte Wari.

„Hab ich vor. Da kannst du recht entspannt beobachten, wo und wie Menschen zu ihrer Nahrung kommen und wie sie sich benehmen."

„Oder manchmal auch nicht", grinste Wari, die seit Jahrhunderten ihre Beobachtungen trieb. „In Ordnung. Wenn du dabei bist, habe ich keine Angst."

„Für die paar Meter brauche ich kein Auto. Die legen wir mit dem Rollstuhl zurück. Ich schiebe dich natürlich." Er steckte wieder sehr akribisch die Decken zusammen, um Waris Schwanz zu verbergen. „Geht es so?"

„Ja. Tut nicht weg, wenn die Flosse eingerollt wird. Nur drauf Stehen ist sehr schmerzhaft" winkte Wari ab.

Als sie den ersten Menschen begegneten, hämmerte Waris Herz vor Aufregung. Sie wurden gegrüßt und grüßten zurück. Wari musste innerlich grinsen, weil ihnen alle neugierig hinterherschauten. Im Supermarkt wurde es richtig lustig, da lugten einige sogar ein zweites Mal hinter Regalen und Kistenstapeln hervor.

Sam steuerte, wie versprochen, zuerst die Kosmetik-Abteilung an. „Welche Farben Nagellack möchtest du haben?"

„Oh je, ich habe keine Ahnung", seufzte Wari, die vielen farbigen Fläschchen betrachtend. „Such du mir was aus!"

„Ich stehe auf dezent bis bunt, aber nicht knallig. Ich muss mich nur schnell allgemein orientieren, weil ich von sowas ja auch keine Ahnung habe. Ach, schau, nur drei Minuten Trockenzeit und weder Grundlack noch Finish nötig." Er legte Rosa, Weiß, Hellblau, Lindgrün und Schwarz in den Henkel-Korb, den Wari auf dem Schoß festhielt.

„Schwarz?", staunte Wari.

„Ist eine Eingebung vom Bauchgefühl", erwiderte Sam, „das wird schon wissen, wie ich damit ein Kunstwerk zaubere."

Wari lachte herzlich.

„Das hier werden wir auch brauchen. Das ist Nagellackentferner. Und das da, das ist ein Beutelchen mit Werkzeug zum Verzieren. Na, dann muss aber noch farbloser Lack mit, hier ist nämlich ein bisschen Kram zum Aufkleben dabei."

Sam schob den Rollstuhl zielstrebig zu den Wühltischen, wo er T-Shirts und Sommerblusen zusammensuchte.

„Ist das etwa alles für mich?", fragte Wari ganz vorsichtig.

„Ja. Ich selber stehe nicht auf Frauenkleider", witzelte Sam.

„Aber warum ist alles für mich?"

„Weil sonst die Leute auf dumme Gedanken kommen. Es fällt auf, wenn ein Mensch, und speziell so eine hübsche Frau, immer in denselben Kleidern herumläuft."

„Aha. Hmm. Das wusste ich nicht", murmelte Wari. „Ich habe nicht gewollt, dass du dich meinetwegen zugrunde richtest."

„Mach dir darum keine Gedanken. Ich erkläre es dir, wenn wir dann auf dem Meer sind." Er legte noch Paprika und Brot in den Korb.

Wari streckte den Zeigefinger aus. „Ist das da vorn alles Schokolade?"

„Das meiste." Sam steuerte das Süßigkeiten-Paradies an. Der Korb füllte sich bis zum Rand.

Die Kassiererin kannte Sam schon ewig und so fragte sie ungeniert: „Zufallsbekanntschaft oder neue Freundin?"

„Vielleicht die Frau fürs Leben. Wer weiß?", erwiderte Sam breit grinsend, Wari ein schelmisches Blinzeln zusendend.

Die blinzelte in gleicher Weise zurück.

„Ich glaube, jetzt haben sie tagelang Stoff zum Nachdenken", lachte Sam, als die Einkäufe in seinem Rucksack verschwanden.

„Wie ich", gab Wari zu. „Könntest du dir wirklich ein Leben mit mir vorstellen?"

„Warum nicht. Ich glaube, wir sind beide verrückt genug, um die passende Lösung für alle Probleme zu finden. Übrigens hast du gestern damit angefangen", schmunzelte Sam.

„Stimmt", kicherte Wari. „Dabei war es vollkommen ernst gemeint. Gestern wie heute."

Sam schob sie mit vergnügtem Grinsen zu seinem Häuschen. Er verstaute rasch die Lebensmittel, legte Waris ‚Schätze', wie sie es nannte, auf den Tisch im Wohnzimmer und bereitete den gemeinsamen Tauchgang vor. Die Nixe beobachtete wieder jeden Handgriff sehr genau, wollte sie doch ab sofort auch im Haus eine Hilfe und keine Last für Sam sein. Diesmal nahm er sogar den zusammengeklappten Rollstuhl mit ins Boot, um für alles gewappnet zu sein.

„Sie werden uns aus jeglichen Ecken mit Ferngläsern beobachten", kommentierte er die Abfahrt.

„Ja, das werden sie. Ich habe es beim Einkaufen in ihren Gedanken gelesen", bestätigte Wari, ihm gleich noch die Richtung vorgebend, um an einem Ort zu gelangen, den er mit ruhigem Gewissen als Fundort der Münzen angeben konnte. „Erzählst du mir heute Abend ein bisschen mehr, warum das alte Geld so wichtig für dich ist?"

„Aber natürlich! Du hattest vorhin die Befürchtung geäußert, du könntest mich ruinieren. Die vielen Dinge, die ich für dich gekauft habe, sind nicht so teuer, wie sie aussehen. Man muss nicht, wie Linda, in Edelboutiquen gehen, um gut auszusehen. Und du hast ja gemerkt, dass man auch selber sehr schmackhaft Kochen kann. Die Urlauber gehen nicht alle ins Nobelrestaurant, weil es nur wenige bezahlen können. Für das viele Geld, das mich Linda gekostet hätte, kann ich dir öfter schöne Sachen mitbringen."

„Sie hätte es sich doch bestimmt selber kaufen können“, überlegte Wari laut.

Sam atmete tief durch, wobei er bekümmert nickte.

„Du hast dich also ausnutzen lassen.“

„Ich fürchte, das stimmt.“

„Aber warum gibst du das Geld aus dem Meer weg, wenn doch alles so viel kostet?“

„Du weißt ja sicher, dass es bei uns Menschen Gesetze gibt, an die man sich halten muss, auch wenn das oft keinen Spaß macht. Wenn ich Altertümer finde, zumal das ja mein Job ist, muss ich sie abgeben“, erklärte Sam.

„Das heißt, wenn du neues Geld im Meer finden würdest, könntest du es behalten?“

„Möglicherweise. Wäre es ein Portmonee, wo man den Besitzer herausfinden kann, würde ich mich nicht gut fühlen, es zu behalten.“

„Alles klar“, sagte Wari mit fester Stimme. „Dann weiß ich, was ich zu tun und zu lassen habe.“ Wir sind übrigens gleich da.

Entdeckungen

Sams erschreckten Blick kommentierte sie mit: „Du weißt, dass ich dich nie im Stich lassen würde. Mach dir wegen der starken Strömungen in der Nähe der Oberfläche keine Sorgen. Stopp! Hier kannst du gefahrlos ankern."

Sam folgte den Anweisungen, kontrollierte noch einmal seine Ausrüstung, und warf der Sicherheitsleine einen Blick zu.

„Leg sie an, damit du dich wohler fühlst", bat Wari. „Schließlich sollst du diesen Ausflug genießen."

Sam setzte auch diesen Vorschlag sofort in die Tat um, dann folgte er ihr ins Wasser. Wari fasste seine Hand, nickte beruhigend und führte ihn leicht schräg vom Boot hinab. Wo der Sog zu stark wurde, umfing sie ihn und erzeugte mit ihrer großen Flosse den passenden Gegendruck.

„Sei unbesorgt, es wird nicht zu tief für deine Ausrüstung werden", hörte er ihre Stimme in seinem Kopf. Sie nahm ihm die Lampe ab und schwenkte sie langsam im Halbkreis.

„Mich laust der Affe", rief Sam in Gedanken. *„Das sind die Reste eines ur-uralten Schiffs!"*

„*Ich weiß*", schmunzelte Wari. „*Hier habe ich zwei der Goldstücke gefunden, die dich so begeistern. Du bist also am authentischen Platz einer Entdeckung, die dich berühmt machen wird.*"

„*Ich weiß gar nicht, wie ich dir danken kann!*", sagte Sam, liebevoll ihre Hand streichelnd.

„*Lass mich einfach Teil deines Lebens sein, so wie wir es heute gemeinsam beschlossen haben*", blinzelte sie. „*Ich bin glücklich, wenn du dich freust und es dir gut geht.*"

Sam hakte die Sicherheitsleine ab, um an Waris Hand das Wrack zu umrunden. Er nahm unzählige Bilder mit der Kamera auf, vermaß und kartierte den Fundort. Ein Blick zur Uhr. „*Oh je, ich muss hoch!*"

Wari geleitete ihn sicher zurück zur Leine, wie daran zum Boot und wurde schon im Wasser stürmisch abgeküsst, worüber sie herzlich lachte. „Gehst du noch mal runter?"

„Ich habe alle relevanten Daten. Es im Team weiter zu untersuchen und vielleicht zu bergen, wäre mir lieber."

„Dann genießen wir den Rest des Tages eben an Land", schlug Wari vor. „Ich weiß doch, dass du den Fund melden möchtest, ehe ihn dir andere streitig machen."

„Danke!" Sam drückte sie fest an sich. „Danach verziere ich deine Fingernägel und am Abend gehen wir in ein Restaurant Fisch essen."

„Ohhh!", hauchte Wari mit kullerrunden Augen. „Ist das alles schön!"

„Na ja, der Urlaub ist in ein paar Tagen zu Ende. Dann muss ich morgens zum Institut fahren und komme manchmal sehr spät erst nach Hause", seufzte Sam.

„Davor ist mir nicht bange", lächelte Wari. „Auch dafür werden wir gemeinsam eine passable Lösung finden."

„Aber ganz bestimmt!", rief Sam. „Wenn ich das Wrack untersuche, bin ich zumindest jeden Abend zu Hause."

„Ich weiß. Aber auch für alles andere werden wird uns schon irgendwas einfallen", sagte die Nixe zuversichtlich. Sie schwamm neben dem Boot her, als Sam dem Heimweg antrat, enterte es außerhalb der Sichtweite vom Strand, trocknete sich gründlich ab und streifte ihr hübsches neues T-Shirt über.

Sam half ihr, die dünnen Decken zusammenzustecken, ehe sie an Land gingen. „Ich bringe dich zum Haus, ehe ich die Ausrüstung hole."

Gesagt, getan. Dann schaute Wari interessiert zu, wie er das gesamte Equipment mit Süßwasser spülte, gesammelte Daten speicherte, aufbereitete und schließlich ans Institut übertrug. Nicht mal vier Minuten nach dem Ende der Übertragung klingelte sein Handy.

„Ich verschwinde ins Zimmer nebenan", blinzelte Wari, damit Sam mit seinen Kollegen eine Videokonferenz schalten konnte.

Sam wurde mit Gratulationen überhäuft, aber auch mit unzähligen Fragen. Die erste, die sein Chef stellte, lautete: „Hast du nicht Urlaub?"

Sam lachte. „Das heißt aber nicht, dass ich mich vom Wasser fernhalten muss. Ohne Erfolgsdruck kann man schließlich ganz anders zu Werke gehen."

„Du bist doch bloß scharf auf den Finderlohn", witzelte Klaas.

„Aber sowas von!", kicherte Sam.

Worauf Klaas fragte: „Was wirst du Linda als Wiedergutmachung schenken, weil du ständig im Wasser steckst?"

Sam grinste breit: „Ein Einwegticket auf den Mond. Ihr könnt ja nicht wissen, dass ich am Tag vor dem Urlaub einen Schlussstrich gezogen habe."

„Was? Wie? Im Ernst? Und nun?", staunten alle, die Linda von Anfang an als glatte Fehlbesetzung bezeichnet hatten.

„Genieße ich mein neues Leben in tiefen Zügen", gab Sam mit äußerster Zufriedenheit zurück. „Aber bildet euch bloß nicht, dass ich jetzt noch mehr Überstunden mache! Dem stehen persönliche, nicht verhandelbare Gründe entgegen."

„Eine neue Flamme?"

„Möglich." Sams Mundwinkel trafen sich fast auf dem Hinterkopf, so breit, wie er grinste. „Ihr könnt die gehobenen Schätze gern schon morgen Nachmittag abholen. Zum Bringen fehlt mir die Zeit, ich habe Besuch."

„Weiblichen?", lockte einer.

„Ja und von der Sorte, die man nicht gern warten lässt. Bis später, meine Lieben." Er beendete, sich die Hände reibend, die Konferenzschaltung. „Jetzt sind sie hibbelig", lachte er, zu Wari hinüber gehend.

„Dann werden sie wohl gleich im Rudel hier einfallen", blinzelte die Nixe.

Sam hob lustig die Schultern. „Das traue ich der verrückten Bande durchaus zu."

„Wir beide gehen jetzt in die Küche, wo ich dir zuerst schicke bunte Fingernägel zaubern werde, dann erzähle ich dir ein bisschen über den Ort, wo die Goldmünzen ihren Ursprung haben. Nebenbei essen wir heute ein kleines Häppchen zu Mittag, weil wir am Abend richtig schön ins Restaurant gehen. Hmm, ich empfehle zum Ausgehen das Shirt mit den großen pastellfarbenen Blumen, dazu passen die Nagellackfarben perfekt." Sam nahm noch rasch einen sehr dünnen Pinsel aus einem Schub.

Augenblicke später zauberte er wirklich, denn jeder von Waris Fingernägeln bekam ein leicht verändertes mehrfarbiges Design, was sich zu einem Gesamtkunstwerk zusammenfügte. Atemlos und ganz still haltend, hatte Wari zugeschaut. Sam war selbst überrascht, welch Wunder er aus dem Stegreif erschaffen hatte. „Ich glaube, du beflügelst mich in allem zu Höchstleistungen", staunte er. „Jetzt noch vorsichtshalber ein bisschen mehr als drei Minuten warten, damit es wirklich richtig trocken ist, und lange hält."

„Das ist so wundervoll!", flüsterte Wari hocherfreut. „Jetzt habe ich die allerschönsten Fingernägel auf der ganzen Welt."

„Du bist ja auch die schönste Frau der ganzen Welt", gab Sam im Brustton der Überzeugung zurück.

Wari zog ihn zu sich herunter, um ihn zärtlich zu küssen. „Und ziemlich sicher bin ich auch die Glücklichste."

Er blinzelte vergnügt. Wenn sie das jetzt schon sagte!

„Komm, wir gehen in den Garten, die Zutaten für unser Mittagessen holen", schlug er vor.

„Ohhh, du hast einen eigenen Garten", hauchte Wari überrascht. „Kein Wunder, dass du verstehen kannst, wie ich mich fühle, wenn mein Tang zerstört wird." Sie nahm die Schüssel auf den Schoß, damit Sam den Rollstuhl schieben konnte.

Auf einem schmalen Weg zwischen Haus und Garage, gelangten sie auf die Rückseite des reetgedeckten Häuschens, wo sich ein Paradies aus wohlgeordnet wachsenden Pflanzen auftat.

„Hier riecht es lecker", stellte Wari fest. „Das da drüben muss das Kraut sein, das gestern auf dem Fisch war!"

„Stimmt. Es heißt Salbei."

Der Rollstuhl passte gerade auf den Hauptweg zwischen den Beeten, sodass ihn Sam wirklich überall hin schob. „Das hier ist Salat, davon nehmen wir einen mit. Ein bisschen Dill, weil wir gerade daran vorbei kommen. Dann brauchen wir noch eine Gurke und zwei Tomaten. Die holen wir aus dem Gewächshaus."

„Ich bin erstaunt, wie viele Pflanzen es hier gibt, die man essen kann", rief Wari.

„Die Früchte meiner Bäume und Sträucher sind auch lecker", erklärte Sam. „Hier haben wir einen Apfelbaum, da drüben den Birnbaum und das hier ist ein Kirschbaum. Nur sind dessen Früchte schon alle abgefallen und die Vögel haben sie sich geholt. Ich hatte in diesem Jahr gar keine Zeit, wirklich viele selber zu ernten. Weil wir im Augenblick zu wenig Leute für so einen Haufen Arbeit im Institut sind, habe ich ja auch nur ein paar Tage Urlaub bekommen. Normalerweise hätte ich drei Wochen genommen."

Wari seufzte. „So kurzlebig und immer in Aktion. Ich habe nicht geahnt, wie viel Bedeutung Zeit für euch hat."

Sam versuchte zu lächeln. „Nun ist es dir vergangen, mit mir leben zu wollen."

Die Nixe schüttelte den Kopf. „Nein. Ich werde versuchen, dein Ruhepol zu sein. Obwohl du im Augenblick zusätzlichen Stress meinetwegen hast."

„Aber der macht Spaß", gab Sam zu, sie zum Haus zurück schiebend. „Ich muss mir noch was einfallen lassen, um die Räder mit möglichst wenig Aufwand sauber zu kriegen, wenn du einmal allein wieder ins Haus fährst." Er wischte sie jetzt mit einem nassen Lappen ab und mit einem trockenen Tuch nach.

Wari konnte gut verstehen, dass er den Schmutz nicht auf dem Fußboden haben wollte. Augenblicke später schaute sie in der Küche zu, wie Sam die gesammelten Pflanzenteile zerkleinerte und zu einem wundervoll duftenden Salat zusammenmischte, mit Öl und Balsamico abschmeckte und abgedeckt stehen ließ.

„Es muss noch ein wenig durchziehen. Das heißt, die Säfte aus den Pflanzen verbinden sich in dieser Zeit mit den Gewürzen. Dann ist es richtig lecker."

„Bei uns da unten könnte man sowas gar nicht machen", überlegte Wari laut. „Man könnte nur verschiedene Häppchen nacheinander in den Mund stecken. Na ja, irgendeinen Vorteil muss so ein kurzes Leben schon haben. Und wenn es besonders leckeres Essen ist."

Sam grinste vergnügt. „Die nicht genießbaren Reste werfe ich in den Komposter im Garten. Daraus entsteht neue Erde, die auf meine Beete kommt, damit die Pflanzen gut wachsen. Natürlich muss ich diese auch regelmäßig bewässern, weil sie sonst nicht gedeihen können."

„Ach ja, es gibt tatsächlich Zeiten, wo es hier oben furztrocken ist, wie die Leute manchmal sagen", fiel es Wari ein. „Wenn es aber zu lange regnet, sind die Strände leer und dann schimpfen die Menschen auch."

„Bei zu viel Nässe verdirbt die Ernte im Garten", erklärte Sam. „Sie wird faulig und muss weggeworfen werden. Die Menschen, die hier ihren Urlaub verbringen, kommen extra, damit sie im Meer baden und in der Sonne liegen können. Kein Wunder, dass sie dann traurig sind, wenn sie nur im Zimmer hocken müssen."

Sam rief am Laptop ein paar Bilder von Großstädten wie New York oder Tokio auf, um seine Worte deutlicher zu machen.

Wari schlug die Hände vor das Gesicht. „So viele Menschen gibt es?! Ich dachte immer, dass es schier unglaubliche Massen sind, die sich auf den Kreuzfahrtschiffen zusammenfinden!"

Sam schüttelte den Kopf und zeigte Wari ein paar Kurzvideos, die auch mit der Verschmutzung der Weltmeere und Flüsse zu tun hatten.

„Arme, wunderschöne Wasserwesen, die dort leben", flüsterte Wari. „Da ist es ja hier regelrecht mustergültig sauber. Auch habe ich gesehen, dass hier Menschen mit Booten herumfahren, tauchen und einsammeln, was andere einfach im Wasser liegenlassen haben. Alte Fischernetze von Fangschiffen, leere Behälter und vieles mehr. Dich und deine Männer habe ich ja auch dabei beobachtet, wie ihr fremden Unrat geborgen habt. Das war der Punkt, der mich neugierig gemacht hatte, zumal ihr immer in meinem Areal agiert habt", verriet sie.

„Dabei ist es so einfach, ein bisschen für die Umwelt zu tun", seufzte Sam, auf seinen Mülleimer zeigend. „Hier ist das Fach für Kunststoff, der zu Neuem verarbeitet werden kann, da jenes für den Müll, aus dem man nichts mehr machen kann, außer ihn zu verbrennen. Das aus der Schüssel verarbeite ich selber zu Kompost. Für jene, die keinen Garten haben, gibt es extra Tonnen zur Entsorgung, wo aus dem Inhalt ebenfalls Erde gemacht wird. Leere Glasflaschen bringe ich alle paar Wochen in spezielle Container, die werden zu neuem Glas verarbeitet."

„Das merke ich mir doch sofort!", rief Wari. „Im Notfall frage ich dich, was wohin gesteckt werden muss."

Sam deckte den Tisch und begann, den Salat in kleine Schalen zu füllen. Auf Waris Gesicht ging nach den ersten Gabelhappen die Sonne auf. „Überhaupt kein Vergleich zu nacktem Tang oder zarten Seegrasspitzen. Das stammt im wahrsten Sinn des Wortes für mich aus einer ganz anderen Welt."

„Morgen bereiten wir uns einen mediterranen Salat zu", versprach Sam. „Dabei erzähle ich dir etwas mehr über die Zeit von Kaiser Trajan und wie es heute in Rom aussieht. Dort isst man nämlich sowas. Deshalb passt alles zusammen."

„*Na ja, schließlich holen sie morgen auch das Geld ab*", dachte Wari. „*Tut mir ganz sehr leid, dass du es weggeben musst.*"

„*So sind halt die Gesetze*", gab Sam noch einmal zu bedenken.

Wari ließ erschreckt die Gabel sinken. „Du hast auf meine Gedanken geantwortet!"

„Ich habe sie laut und deutlich vernommen", erklärte Sam belustigt.

„So ist das also! Vor dir muss man sich ja doppelt und dreifach in Acht nehmen!", rief Wari kichernd.

„Besser wär's wohl", grinste Sam, ihr schelmisch zublinzelnd. „Wenn sowas Dauerzustand wird, habe ich nach einem langen Arbeitstag sicher Muskelkater vom Lachen. Oder ein Schleudertrauma vom Kopfschütteln."

„Bei deinem Kollegen Klaas ganz bestimmt das Letztere", meinte Wari anzüglich.

„Oh weh, das vermute ich auch", gab Sam mit lustig verdrehten Augen zu. Fiete war also nicht der Einzige, der Klaas in eine besondere Kategorie einstufte. Eine interessante Entdeckung.

Bis zum Abend weihte Sam Wari in die Bedienung und Geheimnisse um Radio und Fernseher ein. Wobei er immer wieder betonte, dass keinerlei Feuchtigkeit in irgendwelche elektrische und elektronische Bauteile gelangen dürfe, um sich nicht selber zu gefährden.

„Ich werde sehr vorsichtig sein", schwor Wari, die ja immer wieder die Badewanne aufsuchen musste, um nicht auszutrocknen. „Du, Sam!" Sie dehnte den Namen und zeigte auf seine zimmerhohen Bücherregale. „Ich möchte gern Lesen und Schreiben lernen."

„Ich werde es dich lehren", versprach er. „Vielleicht finde ich im Internet auch Filme, wo du ganz allein üben kannst, wenn ich außer Haus bin. Ich werde mich gleich morgen darum kümmern. Vor allem brauchst du Hefte und Stifte, um üben zu können."

„Schon wieder musst du meinetwegen Geld ausgeben!", stöhnte Wari.

„Psssst! Das sind ja nun wirklich keine Riesenausgaben. Ich hänge einen Zettel in die Kaufhalle, dass ich gut erhaltene Bücher für die erste Klasse suche. Vielleicht hat ja jemand welche herumliegen, die er loswerden möchte. Material aus dem Internet kann ich immer noch runterladen. Ach, ich werde schon die richtige Lösung finden."

„Davon bin ich überzeugt", strahlte ihn Wari an.

Da klingelte es an der Haustür, was beiden einen erschreckten Laut entlockte. Amüsiert grinsten sie sich an. Sam ging öffnen, während die Nixe vorsichtshalber die Decken um ihren Schwanz auf verräterische Spalten kontrollierte. Kurz darauf kam Sam mit einem alten Mann herein, dessen Aura Wari bestens bekannt war und der beim Anblick der Schönheit im Rollstuhl große Augen bekam.

„Das ist Fiete, ein Erzähler wundersamer, sehr schöner Geschichten. Sie ist Wari, meine neue Lebenspartnerin", stellte er sie einander vor.

„Sehr angenehm!", sagten beide völlig synchron und schmunzelten darüber.

„Nimm Platz!", bat Sam.

Fiete setzte sich. „Ich habe euch was von Hilde mitgebracht. Sie meint, ihr könnt es vielleicht brauchen." Er packte, den Inhalt seines riesigen Beutels aus.

Waris Augen begannen zu glänzen. Sie wusste, was das war, auch wenn sie die Bezeichnungen dafür nicht kannte.

„Wow!", rief Sam. „Das ist in der Tat hilfreich für uns! Ein Regencape, eine feste Tasche und drei dünne Schlupfsäcke für den Rollstuhl. Was möchte sie dafür haben?"

„Nichts", erwiderte Fiete lächelnd.

Fiete schüttelte den Kopf. „Gib ihr bitte das, mit Dank von ganzem Herzen. Er reichte ihm einen Hunderter."

Wari nickte. Sam tat genau das Richtige.

„Was haltet ihr beiden davon, wenn ich Abendbrot kommen lasse?", fragte Sam und fügte für Fiete hinzu: „Wir wollten nämlich heute essen gehen, was wir morgen auch noch machen könnten.“

„Überzeugt“, erwiderte Wari sofort.

Fiete hob die Schultern. „Ich habe nichts dagegen. Meine Frau ist heute zum Mädels-Abend in der Fischgaststätte.“

Sam begann zu lachen. „Oh, dann bist du wohl unsere Rettung. Genau da wollten wir hin.“

Fiete grinste breit. „Dann könntet ihr morgen in der Zeitung lesen, dass man euch gesehen hat.“

Wari begann zu kichern, wie perfekt sich die Gedanken der Männer zum Thema glichen. „Dann hat sich ja in den vielen Sonnenumläufen seit Ihrer Hochzeit nichts, aber auch gar nichts, geändert“, wandte sie sich an Fiete.

Der bestätigte es völlig verblüfft, während Sam fragte: „Du hast davon gehört?“

„Er kennt mich zwar nicht, aber ich kenne ihn“, schmunzelte Wari. „Er ist ein ältester Sohn.“ Sie deutete mit dem Finger auf die Stelle, wo Fiete die Münze unterm Hemd trug, die sich plötzlich erwärmte.

Dem alten Mann klappte der Unterkiefer fast bis auf die Schuhspitzen. „Wo ... woher wissen Sie das?"

„Nuuuun", sie dehnte das Wort genüsslich, „Sie tragen etwas bei sich, das ich vor vielen Sonnenumläufen in einer sehr stürmischen Nacht an einen wundervollen Menschen verschenkt habe."

Fiete wurde kreidebleich. Er schaute die junge Frau im Rollstuhl mit unnatürlich großen Augen an, dann Sam. „Ihr wollt mich veralbern."

Beide schüttelten mit dem Kopf. „Offenbar musste es genau so kommen, uns heute hier zu treffen", sprach Wari. „Denn du", sie stupste Sam an, „wohnst nämlich in dem Haus, das er vor längerer Zeit verkauft hat."

„Wirklich?", stotterte Sam, genau so überrascht, wie vor Sekunden Fiete, der das verblüfft bestätigte.

Wari nickte sehr bedeutungsvoll. „Und er hat keinen ältesten Sohn. Aber er hat dich ins Herz geschlossen, als wärst du es."

„Was geschieht hier", stammelte Fiete.

Wari lächelte warmherzig. „Ich glaube, etwas ganz Wundervolles." Ein kurzer Blickwechsel mit Sam, dann zog sie die Decke beiseite, die ihren Fischschwanz verdeckte.

Fiete fühlte tief im Inneren, dass alles an der verrückten Situation echt war, zumal seine Glückmünze noch immer deutlich fühlbare Wärme abstrahlte. Ihm traten vor lauter Rührung Tränen in die Augen, solch ein Wesen bestaunen zu dürfen, obwohl ihm sofort alte Sagen einfielen.

Wari strich mit dem Zeigefinger sanft über seinen Handrücken. „Keine Sorge, ich habe keinen Grund, Ihnen das Leben zu nehmen. Im Gegenteil. Durch meine Berührung werden Sie ungewöhnlich alt werden und bester Gesundheit bleiben, wie alle ältesten Söhne Ihrer Linie. Es sind wirklich dumme Märchen, dass wir bösartig sind und nur zerstören können. Ihr Urahn hat am eigenen Leibe erfahren, dass wir auch Gutes mit Gutem vergelten. So, wie ich Sam Gutes mit Gutem vergelte."

In alter Zeit

„Urahn Malte war damals mit fünf anderen zum Fischen viel zu weit draußen auf dem Meer, weil sie seit Tagen einfach nichts fingen. In der kleinen Siedlung hungerten die Menschen, denn auch die Vorratskammern waren leer. Sie konnten nicht ahnen, dass die Tiere Unheil spürten und sich deshalb in tiefere Regionen zurückgezogen hatten. Es war ein regnerischer, ausgesprochen kühler Tag mit ständig drehendem Wind, der sich fast aus dem Nichts in einen Sturm verwandelte. Ich war auf Armlänge neben dem Boot, um im größten Notfall helfen zu können, wie ich es schon bei vielen Fischern unbemerkt getan hatte, als eine Bö genau da, wo ich schwamm, ihr Netz ins Wasser wirbelte. Ich verfing mich in den Maschen und sie zogen mich eher unfreiwillig mit nach oben", erzählte Wari von jenem schicksalhaften Tag. „Den ersten Schock hatten die Männer schnell verdaut. Statt mich wieder ins Wasser zu werfen, begannen sich die beiden Anführer zu streiten, ob sie mich sofort töten sollten, weil ja nur ich am Unwetter schuld sein könne. Zwei andere wollten mich lieber für viel Geld an Land zur Schau stellen. Malte sagte gar nichts. Er schaute mich mitleidig, ja fast wehmütig an, wobei ihm die flackernde Angst in meinen Augen nicht entging. Ich las es in seinen Gedanken, wie in einem offenen Buch. Und seine Überlegungen waren von so viel Wohlwollen geprägt, dass ich etwas Hoffnung schöpfte. Als sich die zwei brutalen Kerle anschickten, mir den Kopf abzuschneiden, zog er ebenfalls seinen langen Dolch, holte machtvoll aus und durchtrennte das Netz, in dem ich immer noch gefangen war. Die anderen zuckten entsetzt zurück. Dieser Wimpernschlag genügte mir, ins Wasser zu entkommen. Gleich darauf warf eine riesige Welle ihre kleine Nussschale einfach um, weil mir alle auf derselben Seite, über die Bordwand gebeugt, nachstarrten. Ich muste keine einzige Sekunde überlegen, was ich tun sollte, griff Malte und trug ihn durch das Inferno an den Strand. Sein dankbarer Blick, als er begriff, dass ich versuchen werde, ihn irgendwie zu retten, hat sich mir tief eingebrannt. Dann tauchte ich noch einmal ab, um eine Goldmünze aus einem uralten Wrack zu holen, die ich ihm fest in die Hand drückte. Ich wusste ganz genau, welch Schatz das für ihn sein werde.

In Sichtnähe zum Strand wartete ich, bis man den inzwischen Bewusstlosen fand, um wieder im Meer zu verschwinden und fortan die Nähe der Menschen möglichst zu meiden. Nur nicht die von Malte, der mir jedes Mal aufs Neue für seine Rettung dankte, wenn er zum Fischen fuhr. Er sah mich zwar nie wieder, ahnte aber, dass ich ihm half. Denn seine Netze waren seitdem immer voll. Sogar dort, wo die anderen gar nichts fingen. Wenn im Spätsommer das Obst in seinem Garten reifte, brachte er mir stets ein paar Früchte zum Geschenk, die ich mit großer Freude rund um sein Boot einsammelte."

Fiete fasste sich mit beiden Händen an den Kopf. „Jetzt verstehe ich, wie unsere Familientradition entstanden ist, nach der Obsternte ein kleines gut gefülltes Körbchen auf dem Meer schwimmen zu lassen!"

Wari kicherte fröhlich. „Es wird auch immer voller Dankbarkeit angenommen."

„Du musst wissen", wandte sich Fiete an Sam, „dass selbst mein Vater noch Fänge nach Hause brachte, die alle staunen ließen. Für mich gab es leider keinen Platz mehr in der Fischerei. Ich bin aber Bootsbauer geworden und bin dadurch dem Meer genau so verbunden. Also habe ich

Jahr für Jahr das traditionelle Erntekörbchen weit draußen ins Wasser gelassen und um Gesundheit gebeten, ohne zu ahnen, dass es die geheimnisvolle Glücksgöttin wirklich gibt."

Wari lächelte undefinierbar. „Dass es sein einziger laut geäußerter Wunsch war, gefiel mir, und so habe ich ihn im Rahmen meiner Möglichkeiten erfüllt. An einer starken Quetschung des rechten Armes konnte ich leider nichts ändern. Die hat er nämlich statt eines Totalverlustes erlitten."

„Oh ich danke dir ... Ihnen ... du wundervolles Wesen!", strahlte Fiete. „Wie spricht man solch eine Glücksgöttin richtig an?"

„Am besten Duzen wir uns", bat Wari vergnügt lachend. „Immerhin kenne ich dich, seit du zwei Wochen alt warst."

Die Männer stimmten in das Lachen ein und Wari erzählte weiter: „Aus seinen Gedanken habe ich viele andere Wünsche gelesen, die er nie laut geäußert hätte. Einer war über Jahre, wie man es bei euch nennt, so intensiv, dass ich beschlossen hatte, ihn zu erfüllen, um mindestens zwei Menschen große Sorgen zu ersparen – Fiete und einem Kind, das sein Hausdrache nie geliebt und leiden lassen hätte."

Fiete nahm Waris Hand, während Tränen in seine Augen traten. „Danke!"

Sam riss die Augen auf. „So schlimm?"

„Schlimmer", antworteten die Nixe und Fiete völlig synchron.

„Oha!"

„Er hat seit Jahren überlegt, wer würdig wäre, seine Münze zu bekommen", verriet Wari. „Dann bist du auf der Bildfläche erschienen. Auf seiner und auf meiner. Du musst wissen, Fiete, dass ich mich in den letzten Tagen entschieden habe, mit Sam an Land zu leben. Dass ihr es beide, jeder auf seine Weise ermöglicht habt, mir eine gewisse Unabhängigkeit zu garantieren, werde ich euch nie vergessen." Sie streichelte die Armlehnen ihres Rollstuhls. „Kannst du es morgen irgendwie einrichten, dass Hilde in der Fischgaststätte ist, wenn wir essen gehen?", fragte sie Fiete.

„Kann ich. Sogar ohne Tricks. Ich werde ihr sagen, dass ihr euch bedanken wollt. Sie wird ganz sicher kommen."

Wari schaute ihm tief in die Augen. „Du solltest tun, was du immer wieder in Gedanken durchspielst. Was hast du zu verlieren? Hilde passt wirklich zu dir. Lass sich doch die anderen die Mäuler zerfetzen."

Fiete wurde tief dunkelrot.

Wari winkte ab. „Ich weiß, dass du vor diesem Gedanken seit vielen Jahren davonläufst. Und doch blitzt er immer wieder auf. Du schiebst ihn von dir, wie eine Seuche."

Sam schaute fragend.

Fiete atmete tief durch. „Es war der Wunsch unserer Väter, dass ich Thea geheiratet, obwohl ich Hilde innig geliebt, habe. Als Wissenschaftler weißt du ja auch, wie die Sitten früher waren. Ich hatte keine Wahl. Geld sollte zu Geld kommen. Und davon hatte Theas Sippe, wie meine Eltern, ganze Berge. Hildes Familie waren Zugereiste, geduldet, mehr nicht. Als ich dir mein Häuschen verkaufte, hatte ich gerade zufällig die kleine Wohnung im Haus gegenüber von Hilde und Paul bekommen."

„Gaaaaanz zufällig", bestätigte Wari mit treuherzigem Blinzeln.

Fiete zeigte mit weit aufgerissen Augen mit dem Finger auf sie.

Wari nickte, sehr breit und zufrieden lächelnd. „Schließlich muss ich die vielen leckeren Obstkörbe rechtfertigen."

„Ich gebe auf!", stöhnte Fiete mit lustig verdrehten Augen.

„Ach, Quatsch!", winkte Wari ab. „Jetzt schon gar nicht! Ich bin nun so nah am Geschehen, dass einfach alles gut werden muss."

„Wo sie recht hat, hat sie recht", schmunzelte Sam. „Ich werde es wohlwollend beobachten."

„Keine Sorge, ich werde ihr kein Leid zufügen!", rief Wari auf Fietes bange Gedanken wegen Thea. „Dich stört es doch sicher nicht, wenn sie dich unter Umständen für einen schwerreichen Kerl verlässt?"

„Äh ... nein ... ganz bestimmt nicht", stammelte Fiete.

„Na, dann ist ja alles klar. Quetsch, wenn es denn unbedingt sein muss, in so einem Fall, ein so ein paar Krokodilstränen raus, wenn sie dich als Versager tituliert, um dir kundzutun, dass sie dich verlassen wird. Das schindet Eindruck. Soll heißen, ich werde mich in den nächsten Tagen ein bisschen als Liebesgöttin betätigen, wie man es Nixen nachsagt. Ansonsten werde ich irgendeinen verwitweten Gockel, der sonst nichts taugt, sicher überzeugen können, dass sie die Richtige ist."

Fiete und Sam schauten erst Wari an, dann sich, und begannen schallend zu lachen. Der Plan war genial. Wenn Thea die Flucht ergriff, konnten er und Hilde sich, ohne böse Zungen befürchten zu müssen, gegenseitig trösten.

„Ich verschwinde erst mal für ein paar Minuten im Wasser", verkündete Wari, ins Bad rollend.

„Ihre Idee gefällt mir ausgezeichnet", murmelte Fiete. „Ich wäre ein Lügner, würde ich anderes behaupten. Vielleicht kann ich wenigstens meine letzten Jahre geruhsam genießen."

„Meine Unterstützung ist euch gewiss!", versprach Sam.

„Falls ihr beide bei irgendwas Hilfe braucht, gebt Bescheid!", bat Fiete.

„Machen wir. Vier Augen können Wari zudem besser schützen als zwei Augen", blinzelte Sam.

„Stimmt. Ich weiß ganz genau, was die anderen eine feuchte Kehricht angeht", grinste Fiete. „Es wird mir ein Vergnügen sein."

„Ach, da ist ja schon der Lieferdienst!", freute sich Sam, die Tür öffnend. Er nahm die Styroporbox entgegen, zahlte, und versprach, diese am nächsten Tag zurückzubringen. Rasch deckte er den Tisch.

„Habe ich gerade das Klappern von Tellern gehört?", ließ sich Wari aus dem Bad vernehmen.

„Richtig! Ich komme sofort und helfe dir!", rief Sam.

Fiete schmunzelte. Diese Nixe! Die machte doch tatsächlich Ernst mit dem Leben auf dem Land!

Sam flocht ihr rasch einen wundervollen französischen Zopf, sobald das Haar trocken war.

„Du siehst umwerfend aus", staunte Fiete, als sie am Tisch erschien.

„Du solltest Sam loben", erwiderte sie lächelnd. „Ich muss erst noch lernen, was alles vonnöten ist, um als Menschenfrau durchzugehen und ihn nicht zu blamieren." Sie zupfte an ihrem schicken T-Shirt.

„Der bunte Nagellack ist sicher auch sein Werk", vermutete Fiete.

„Richtig!", gab Wari zu. „Ich habe gebettelt, bis er weich geworden ist. Na ja, normalerweise sind meine Fingernägel Raubtierkrallen. Aber an Land ist für mich nichts normal. Und wenn ich mir keine großen Dummheiten zu Schulden kommen lasse, wird mich Sam auch nicht wegjagen. Da ist es also nicht schlimm, wenn sie jetzt abgeschliffen sind."

„Und ich dachte, ich bin derjenige, sich Sorgen machen muss, in Ungnade zu fallen", kicherte Sam.

Wari grinste vergnügt. Fiete hob lustig die Schultern. Es war für alle drei eine äußerst ungewöhnliche Situation. Die Nixe betrachtete mit erfreutem Lächeln den Fischteller und die Beilagen, welche Sam bestellt hatte. „Hmmm, das sieht so lecker aus! Und der Duft! Ich möchte nur keinen Zitronensaft haben. Der rumort noch Stunden später auf meiner Zunge, auch wenn er gut schmeckt."

Sam schaute sie erschreckt an.

„Das konnten wir beide nicht ahnen", winkte sie ab. „Ich muss nur dran denken, ihn wegzulassen."

„Wir deklarieren es als Allergie. Schon ist Ruhe vor lästigen Fragern", legte Sam fest.

„Was ist Allergie?", fragte Wari vorsichtig.

„Eine ziemlich gemeine Unverträglichkeit. Damit haben wir dann nicht mal gelogen. Ich erkläre es dir nach dem Essen, sonst vergeht uns allen womöglich der Appetit."

„Ah. Gut. Es wäre wirklich arg, den leckeren Fisch nicht mit Wonne verspeisen zu können." Wari griff nach dem Besteck und filetierte den ersten Hering im Handumdrehen.

Sie blinzelte vergnügt, weil die Männer akribisch jede winzige Gräte herauspulten, die ihr gar nichts ausmachte. „Das nennt man ausgleichende Gerechtigkeit. Ihr könnt Zitrone essen, ich den ganzen Fisch, so eine Hungersnot herrschte."

Fiete lachte herzlich. „Auch eine Philosophie. Oh, jetzt muss ich bestimmt verraten, was das ist."

Wari schüttelte den Kopf. „Mit manchen Begriffen kann ich was anfangen. Mir ist auch gerade eingefallen, was es mit Allergien auf sich hat. Genaue Beschreibung also nicht nötig."

Da klingelte das Festnetztelefon. Ein Blick von Sam: „Unterdrückte Nummer. Das könnte Linda sein."

Wari tippte sich an die Nasenspitze. „Wie ist dein zweiter Name?"

„Äh, Röwer."

Wari zog das tragbare Gerät aus der Halterung. Sowas hatte sie schon tausendmal gesehen und belauscht. „Büro Sam Röwer, Wari Bach am Apparat, was kann ich für Sie tun?"

Dem Anrufer musste wohl vor Schreck der Hörer aus der Hand geglitten sein, denn es polterte am anderen Ende der Verbindung, dann war Stille.

Sam und Fiete brachen in wieherndes Lachen aus. Waris Schachzug war einfach genial gewesen. Sie steckte breit grinsend das Telefon in die Halterung zurück. Nun summte das Handy.

„Mach mal an, damit kenne ich mich nicht aus", bat Wari.

Sam erfüllte, bis zu den Ohren grinsend, ihren Wunsch. Die Nixe nahm das Gerät und wiederholte den Spruch. Diesmal fragte eine Frauenstimme, ohne ihren Namen zu nennen, nach Sam. „Nein, Herr Röwer ist im Augenblick nicht zu sprechen. Ich werde ihn über Ihren Anruf benachrichtigen. Auf Wiederhören."

Sam tippte rasch den Auflegen-Button. „Sie ruft in den nächsten Stunden garantiert nicht nochmal an! Du heißt Bach mit zweitem Namen?"

„Seit heute", schmunzelte Wari. „Kann ich mir am besten merken, weil ich ja aus dem Bach komme." Sie deutete mit dem Daumen über ihre

Schulter zum Meer vor dem Fenster. „Würde sicher auffallen, müsste ich jedes Mal überlegen, wie mein Nachname ist, wenn mich einer danach fragt."

„Cleveres Nixlein", stellte Sam hocherfreut fest. „Das war wirklich Linda. Wohl vom Festnetz ihrer Eltern aus, weil ich ihre Handynummer bei mir gesperrt habe."

„Vielleicht kommt ja langsam die Erkenntnis hoch, was sie in dir verloren hat", merkte Wari an. „Tja, Pech Schwester. Meiner!"

Fiete hob beide Daumen. „Ich glaube, ich muss langsam aufbrechen", seufzte er mit Blick auf die Uhr.

„Bleib noch ein Stündchen", schlug Wari vor. „Dann bürstelt sie sich richtig auf."

Fiete begann zu lachen. „Ich werde deinen Rat befolgen."

Wari erzählte noch ein wenig aus den Leben seiner Vorfahren, die älteste Söhne gewesen waren. „Warum dich dein Vater zu einer Heirat gezwungen hat, kann ich mir bestenfalls damit erklären, dass man Zugereiste nicht sonderlich mochte", beendete sie den Bericht. „Nach einem alten Aberglauben blieb das Glück nur am Ort, wenn es mit Alteingesessenen geteilt wurde. Dass er es auf die ganz spezielle Weise vertrieben hat, war ihm erst bewusst geworden, als bei euch Nachwuchs ausblieb."

Auf Sams undefinierbares Lächeln kicherte Fiete: „Ja, ich weiß, dass das der Grund ist, weshalb damals in kleinen Orten aus jedem Haus das gleiche Gesicht schaute und viele zeitig gestorben sind."

Worauf Sam Wari einen Kurzvortrag in Genetik hielt, dem sie dankbar lauschte. Denn dem winzigen Meervolk war es egal, wem der Partner abstammte, falls man überhaupt einen erringen konnte.

„So ist das also", sagte sie zufrieden. „Man hört ja auf See immer mal einen Spruch, aber den kann man sich ohne Hintergrundwissen nicht wirklich erklären."

Fiete schaute sie neugierig an.

„Der Sohn hat die Ohren vom Nachbarn, oder sowas. Ich habe mich immer gewundert, wie das geht, seine Ohren wegzugeben."

„Namen willst du lieber nicht nennen?", prustete Fiete los.

„Mm, mm!", lachte Wari. „Wenn es ruchbar wird, brennt wahrscheinlich bei einigen hier die Luft, wie ihr sagen würdet."

„Ach, schau an", feixte Fiete. „Ich laufe ja auch nicht ganz blind durch die Gegend. So, nun muss ich aber wirklich los. Sonst schlafe ich unterwegs ein. Bis morgen meine Lieben, denn ich werde mich wieder beim Altherrenabend einfinden!"

„Bis morgen!"

Theas wahres Gesicht

Thea machte Fiete eine gigantische Szene, wie es Wari prophezeit hatte. Statt zu fragen, wo er gewesen sei, weil auf seinem Zettel auf dem Tisch nur gestanden hatte: Bin bei einem Freund, keifte sie, dass man es trotz geschlossener Fenster noch auf der anderen Straßenseite hören musste: „Der wird wohl weiblich sein! Dass du mir sowas antust! Das ist der Gipfel! Ich werde mich bei nächster Gelegenheit revanchieren!"

„Oh, Freudenbotschaften. Na, mach mal. Meinen Segen hast du. Lass dir nicht zu lange Zeit." Fiete verschwand im Bad, um sich bettfein zu machen. Das Wissen um Wari und deren Plan gaben ihm den Mut und die Kraft zu solchen Worten. Stets hatte er eingelenkt, sich an allem die Schuld gegeben, um den Hausfrieden zu wahren.

Thea starrte ihm mit offenem Mund nach. Als er etwas später eingeschlafen war, durchwühlte sie sogar seine Taschen an der Kleidung und die Nachrichten auf seinem Handy, um ihm einen Seitensprung nachweisen zu können. Das einzige Telefonat, das sie einer Frau zuordnen konnte, war der an Hilde wegen des Rollstuhls.

Hilde. Thea spitzte pikiert die Lippen und dachte giftig: „*Fiete hat sie nicht bekommen und Paul ist schon unter der Erde. Da nutzt es auch nichts, durch die Erbschaft auf einem Haufen Kohle zu sitzen.*" Die Kohle hätte Thea allerdings ebenfalls auf Anhieb genommen. „*Bin gespannt, wer den Zaster am Ende abfasst, denn Kinder haben die ja nicht.*" Dass sie selber keine hatte, schien sie völlig auszublenden. Auch dass Fiete ein sehr gut situierter Mann war und sie stets jeden Wunsch erfüllt bekam. Selbst der Ehevertrag, der sie nicht gut dastehen ließ, kam ihr nicht in den Sinn. Aus lauter Bosheit konnte sie bis zum Morgen kein Auge schließen.

Entsprechend mürrisch war sie beim Frühstück, das, wie seit Jahren, Fiete zubereitet hatte. So wie er sich auch um fast alles im Haushalt kümmerte. Verständlich, dass er sich die Nachmittage als Auszeit nahm, um Kindern Geschichten zu erzählen. Das heutige Dauergenörgel ließ er mit stoischer Ruhe über sich ergehen.

„Fertig? Oder hast du noch einen Satz, hinzufügen?", fragte er beim Tischabräumen.

Thea klappte der Unterkiefer bis auf den Schoß. Wie konnte er sich anmaßen ... sich erfrechen ... Sakrileg!

Während sie fast hyperventilierte, nahm er sein Handy. „Grüß dich, Hilde! Die beiden jungen Leute haben sich riesig gefreut. Sie bitten dich, heute Abend 18 Uhr in die Fischgaststätte zu kommen, weil sie sich persönlich bedanken möchten. Klappt? Prima! Schönen Tag noch!" Fiete legte das Gerät auf das Sideboard zurück, als bemerke er nicht, wie Thea mit den Zähnen knirschte. Er fühlte regelrecht ihren Blick zwischen seinen Schulterblättern, als er hinaus ging.

Sam und Wari hatten volles Haus, denn seine Teamchefs kamen persönlich, um den Münzschatz zu abholen. Die Männer machten große Augen, als er Wari als seine neue Lebensgefährtin und Frau fürs Leben vorstellte.

„Oh, sehr angenehm!", sagten sie fast deckungsgleich, das ausnehmend hübsche Gesicht erstaunt betrachtend.

Sam schenkte Kaffee ein, Wari teilte Obsttorte aus, dann saßen alle fast zwei Stunden und fachsimpelten über die Münzen. Dass Wari mit Kenntnissen brillierte, die denen von Sam nicht nachstanden, merkten Pit Ziegenhagen und Jens

Weber, der Projektleiter und sein Stellvertreter, ziemlich rasch.

Sam grinste vergnügt. „Sie hat mir den Tipp gegeben, an dieser Stelle zu suchen. Es ist ihr Fund, den sie mir überlassen hat. Von ihr kann ich noch viel lernen, auch was das Tauchen betrifft."

„In welchem Fach arbeiten Sie?", fragte Pit Wari.

„Ich bin Extremtaucherin, auch wenn es durch den Rollstuhl anders aussieht", antwortete sie wahrheitsgemäß. „Im Wasser bewege ich mich fast wie ein Fisch. Nur an Land macht meine untere Hälfte schlapp. Ich habe leider einige genetische Besonderheiten, denen ich mich stellen muss, sodass ich im Moment eher das hilfsbedürftige Hausmütterchen bin."

„Ich denke, wir finden für alles eine passable Lösung", antwortete Sam, der sich innerlich die Hände rieb, wie souverän Wari Fragen zu ihrer Person beantwortete, ohne ihre besonderen Kräfte einsetzen zu müssen. Die riesengroßen Pupillen hielten die Kollegen sicher für eine Folge des Axenfeld-Rieger-Syndroms, wo die Augen mitunter fast keine Iris haben.

„Genau das denken sie", hörte er Waris belustigte Stimme in seinem Kopf. *„Sie werden meine ‚Behinderungen' bei deinen zukünftigen Einsätzen berücksichtigen."*

„Perfekt!"

„Sie werden doch sicher mit Sam gemeinsam die Forschungsergebnisse zu den römischen Funden veröffentlichen", stellte der Pit in den Raum.

Wari schüttelte den Kopf. „Nein, es wird alles unter Sams Label laufen. Ich möchte von der Öffentlichkeit in Ruhe gelassen werden, weil ich genug körperliche Probleme habe, die nur nachvollziehen kann, wem es genau so geht."

„Oh ... natürlich ... ja, das verstehe ich vollkommen", erwiderte der Projektleiter nachdenklich. „Wir werden Ihnen die Neugierigen bestmöglich vom Hals halten."

„Danke. Das wäre sehr hilfreich."

Sam streichelte sanft ihre Hand. Wari schuf klare Fronten, ohne ein Wort lügen zu müssen.

Der Abschied war herzlich.

„Natürlich sind wir wild darauf, Sam am Montag wieder bei uns zu haben", lachten die Männer. „Wir müssen ja nun schauen, ob wir das Wrack vielleicht bergen können."

Wari schmunzelte. „Meine guten Wünsche dafür haben Sie."

„Die zwei passen buchstäblich zusammen, wie ein Paar Schuhe", waren sich die beiden Kollegen auf dem Rückweg einig.

„Ob sie von Linda weiß?", fragte Jens.

„Davon gehe ich aus, so wie Wari und Sam interagieren", winkte Pit ab. „Sam genießt es, wie viel niveauvoller ein kurzes Geplänkel wegen eines Kaffeelöffels sein kann, als eine halbe Stunde über Öffnungszeiten von Luxusboutiquen zu schwadronieren."

„Haha! Ja, das ist genau die richtige Beschreibung! Ich wünsche den beiden alles Glück dieser Welt."

„Und deshalb werden wir es würdigen, dass er den Fund im Urlaub gemacht hat. Ein ordentlicher Obolus, der von Wari ganz bestimmt nicht für sich eingefordert wird, um ihn für saisonalen Firlefanz zu verbraten."

„Richtig. Er lässt sie sowieso nicht leer ausgehen. Schon gar nicht, wo es doch ihre Entdeckung gewesen ist, wie er betont hat. Interessiert mich trotzdem brennend, auf welche Weise er Linda losgeworden ist und so plötzlich Wari aus dem Nichts aufgetaucht ist. Ihr Name ist noch nie gefallen."

„Da wirst du ihn fragen müssen. Von sich aus wird er es kaum breittragen."

„Nein, das verkneife ich mir, weil es mich genau genommen nichts angeht", murmelte Jens. „Trotzdem sollten wir dem Team einen kleinen Tipp geben, dass Sams große Liebe mit Behinderungen klarkommen muss."

„Das machen wir", versprach Pit.

Ins Sams Häuschen zog langsam wieder Ruhe ein, wobei Wari etwas deprimiert wirkte.

„Was ist geschehen?", fragte Sam besorgt.

„Ich ... ich möchte gern ins Meer, um mich bis heute Abend richtig zu regenerieren", druckste die Nixe herum.

„Ich bringe dich hin und hole dich wieder ab", blinzelte Sam. „Geht los!"

Wari schaute sich am Strand um. „Keiner zu sehen. Da kann ich auch gleich von hier aus starten und du musst nicht erst das Boot flott-machen."

Sam schüttelte den Kopf. „Keine gute Idee. Wie soll ich den leeren Rollstuhl deklarieren, falls wirklich jemand fragt?"

„Auch wahr."

Also brachte Sam sie ein paar hundert Meter weit raus und bat sie, mit Glockenschlag fünf der alten Kirchenuhr wieder genau hier am Platz zu sein. Noch ein zärtlicher Kuss. „Pass gut auf dich auf!"

„Ich verspreche es." Wari tauchte senkrecht hinunter.

Sam nahm das Tablet aus der Tasche und schaute sich ein paar lustige Filme auf YouTube an. Bei dem schönen Wetter wäre es Unfug gewesen, wegen rund einer Stunde erst nach Hause zu fahren.

Pünktlich mit dem letzten Glockenschlag ließ sich Wari ins Boot ziehen, die Hände voller Geld, aktueller Prägungen. „Alles meins", kicherte sie. „Du kommst bloß wieder auf die närrische Idee, irgendwas davon weggeben zu wollen."

Sam schüttelte schmunzelnd den Kopf. „Ich mache es dir ganz bestimmt nicht streitig."

„Weiß ich doch." Sie ließ es in den Zippebeutel gleiten, den ihr Sam geöffnet hinhielt. „Du musst es dir trotzdem anschauen, weil ich keine Ahnung habe, womit jetzt hier bezahlt werden kann." Wari trocknete sich ab.

Sam half ihr in den Rollstuhl und beim Anziehen. „Hast du dich auch wirklich ausreichend erholt?"

„Aber ja! Wenn ich sogar noch Zeit hatte, auf Schatzsuche zu gehen. Es soll übrigens mein erster Beitrag zur gemeinsamen Haushaltung sein. Mir fällt sicher noch etwas ein, das öfter oder regelmäßig Geld einbringt. Bis dahin werde ich Fische fangen und Zufallsfunde einsammeln."

Sam schaute sie überrascht an.

Wari nickte. „Ich kann mich doch nicht einfach bei dir einnisten und sagen: So nun füttere mich mal auf deine Kosten durch. Schon gar nicht, wo ich langsam zu begreifen beginne, wie hart ein Menschenleben wirklich ist."

„Ich nehme dankbar an, was du beisteuerst, weil ich weiß, dass du sehr traurig wärst, wiese ich es zurück", erwiderte Sam. „Wir werden auch eine vernünftige Lösung finden, dass deine Funde deine Funde bleiben."

Zu Hause angekommen stimmte Sam beider Kleidung für einen langen Abend ab. Wari reichte er ein cremefarbenes Stretch-Niki in Spitzeoptik zum marineblauen Schlupfsack. Für sich suchte er ein dunkelblaues Hemd zur beigen Jeans heraus.

Wari begutachtete ihre bunten Fingernägel. „Noch alles in Ordnung."

„Prima. Dann hält der Lack ja doch, was das Etikett verspricht", freute sich Sam.

„Machst du mir wieder so einen schicken Zopf?", fragte Wari.

„Aber gern!" Sam begann zu kämmen und zu flechten. „Du siehst wundervoll aus." Plötzlich hob er einen Zeigefinger und eilte davon.

„Ich habe gerade ein riesengroßes Zeichen über deinem Kopf aufgehen sehen", staunte Wari, als er wiederkam.

Sam lachte vergnügt. Er öffnete das Etui, welches er geholt hatte, nahm ein goldenes Kettchen mit einem funkelnden rosafarbenen Brillanten heraus und legte es Wari um den Hals.

„Für ... für mich?", hauchte sie überrascht.

Sam blinzelte vergnügt. „An mir würde er nicht wirklich gut aussehen. Ich habe ihn vor ein paar Jahren in Rom gekauft, weil er mir ausnehmend gut gefällt. Nur war bisher keine würdig, das hübsche Stück zu bekommen."

Wari strahlte glatt mit dem Diamanten um die Wette. „Ohhhhh, danke! Der Stein ist wundervoll!"

Sam schob sie zum Spiegel, damit sie sich betrachten konnte. Wari ließ die Fingerspitzen über das herrliche Kleinod gleiten. „Der muss doch unglaublich wertvoll sein!"

„Ja, das kann man so sagen", schmunzelte Sam. Allein der Anhänger hatte fast 5000 Euro gekostet, was ihn aber nicht vom Kauf abgehalten hatte.

„Rom ... ist das nicht die Stadt, wo der Kaiser von der Münze herstammt?", überlegte Wari laut.

„Richtig", bestätigte Sam, nach dem Schlüssel fassend. „Bereit?"

„Bereit!", antwortete Wari mit fester Stimme. „Obwohl ich ganz sehr aufgeregt bin." Sie nahm Sam die Styroporbox ab und auf den Schoß, damit er nicht noch den Beutel tragen musste.

Fiete, der schon beim Altherrenstammtisch saß, erspähte die beiden durch das Fenster und öffnete ihnen die Tür.

„Lieben Dank!", riefen beide hocherfreut.

Der Wirt winkte sie an den rollstuhlfreundlichen Tisch und nahm ihnen dankend die Box ab.

„Dürfen wir umziehen?", fragte Fiete, auf den Tisch der beiden deutend.

„Immer diese Sonderwünsche!", grinste der Wirt. „Kaum ist ein junges hübsches Mädchen da, werdet ihr munter! Na, hopp, schwingt euch rüber!"

Das taten die Männer mit breitem Lächeln. Wari kicherte vergnügt. Sam lachte herzlich. Augenblicke später trat Hilde ein. Mit amüsiertem Kopfschütteln beobachtete sie die Aktion, wie die Herren ihre Biergläser zum richtigen Platz jonglierten. Fiete stellte ihr Wari und Sam vor, die sich noch einmal von ganzem Herzen bedankten.

Die drei Neuankömmlinge wählten Getränke und waren sogleich mit allen am Tisch im Gespräch. Hilde bewunderte Waris Edelstein an der Kette, den sie sofort als rosa Diamanten erkannt hatte.

„Mein verstorbener Mann war Juwelier gewesen. Wir mussten vor zehn Jahren das Geschäft aufgeben, weil er krank geworden war", seufzte sie. „Da haben wir auch unser Haus verkauft und sind in eine kleine Eigentumswohnung gezogen."

„Apropos Haus – die beiden wohnen in meinem ehemaligen Haus, musst du wissen", kicherte Fiete.

„Zufälle sehen aber ganz anders aus!", rief Hilde mit buchstäblich tellergroßen Augen, auf die sich plötzlich bildende Gänsehaut auf ihren Armen deutend. Wobei man ihr ansah, dass es ein sehr angenehmer Schauer war, der sie soeben überlief.

Wari, Sam und Fiete schmunzelten, die anderen rissen die Augen auf.

„Ich habe es auch erst heute erfahren", erklärte Sam mit fröhlichem Schulterzucken. Er schaute die Frauen an. „Scholle für alle?"

Beide nickten und entschieden sich gleich noch für ein Glas Sanddornsaft nebenbei.

„Bitte nicht böse sein, wenn ich Ihre Ketten immer wieder anstarre", wandte sich Hilde an Wari. „Dieses Rosa ist einfach umwerfend schön."

„Sam hat sie mir geschenkt", verriet die Nixe mit glücklichem Lächeln. „Er hat sie in Rom gekauft."

Hilde seufzte. „Ach, da möchte ich auch einmal hin, bevor meine Zeit abläuft."

„Nimmst du mich mit?", bat Fiete.

„Gern. Nur was würde dein Hausdrache dazu sagen?", murmelte sie, worauf die Altherrenrunde beinahe im Takt mit dem Kopf nickte.

„Ohhhhhhaaaaaaa", hauchte einer, mit dem Finger zum Fenster zeigend. „Das hat er wohl gehört, denn da naht er schon!"

Hilde wurde blass, Fiete zog die Augenbrauen zusammen. Ein kurzer Augenkontakt mit Wari flößte ihm Sicherheit ein.

Madame Thea brach wie ein Tsunami herein, indem sie äußerst geräuschvoll die Tür aufriss, worauf sich ihr die Gäste aller Tische zuwandten. „Hier steckst du also!", keifte sie.

Fiete hob die Schultern. „Wie jeden Mittwoch um die gleiche Zeit." Er fasste seelenruhig nach seinem Glas, um einen langen Schluck zu trinken.

„Ach! Und Hilde gehört wohl jetzt auch zur Altherrenrunde!", geiferte Thea.

Fiete schaute sie ganz ruhig und beinahe amüsiert kopfschüttelnd an. „Genau so wenig, wie die beiden anderen Gäste am Tisch. Sonst noch Fragen, weil du offenbar keine Brille auf hast?

Aber Hörgeräte scheinst du auch zu brauchen, sonst wüsstest du, warum Hilde hier ist. Ich hatte laut genug gesprochen." Er wandte sich dem Wirt zu. „Karl, lässt du bitte die Luft aus meinem Glas ab?"

„Gerne. Der nackte Boden irritiert mich auch", lachte der, wie gewünscht, Bier auffüllend.

„Ach, und mich ignorierst du?!", zeterte Thea.

„Musst nur deine Wünsche kundtun. Hat sich nichts am Bestellablauf geändert." Karl grinste Fiete zu, servierte den Damen sowie Sam den Fisch und wünschte guten Appetit.

Die drei begannen gemächlich zu essen. Thea drehte sich, das Gesicht zur Fratze verzerrt, auf dem Absatz um. Sie stob, die Tür des Restaurants mit explosionsartigem Knall zu dreschend, davon.

„Ein Tornado ist ein lauer Furz dagegen!", grinste der Wirt.

Wari hob die Augenbrauen. „Wirf sie raus!"

„Das wäre jetzt auch mein Vorschlag gewesen!", feixte Karl, Wari vergnügt angrinsend, worauf die Stammtischrunde schallend zu lachen begann.

„Guter Plan", merkte Sam an. „Rom wird euch begeistern!"

Das Lachen ging in die nächste Runde.

Hilde spürte deutlich, dass von Wari eine Art Kraftfeld ausging. Anders konnte sie sich das Euphorische in deren Gegenwart nicht erklären. Es fühlte sich großartig an.

„Ich möchte auch nach Rom", flüsterte Wari.

„Dann sollten wir wohl gemeinsam mit den beiden fahren", schlug Sam vor.

„Oh ja!", jubelte Wari, „Das wird gigantisch!"

„Davon bin ich inzwischen überzeugt", merkte Hilde an, sanft Waris Hand streichelnd, die neben ihrer auf dem Tisch ruhte.

Fiete strahlte übers ganze Gesicht. Und gleich noch mehr, als ein Gast von einem anderen Tisch kam und verriet: „Die vielen Kinder haben Sie heute ganz sehr vermisst."

„Oh. Ich werde es morgen wieder gutmachen", versprach Fiete.

Hilde nickte. „Ja, der Geschichtenonkel darf nicht fehlen", erklärte sie. „Der ist nämlich so etwas wie eine Lokalberühmtheit, obwohl er es selber gar nicht zu merken scheint. Im Nachbarort wartet die Schule schon seit Wochen auf eine Antwort für die Einladung am Lesetag."

„Auf was?!", schnappte Fiete völlig verdattert.

Hilde schaute ihn erstaunt an. „Na, die haben doch schon vorletzten Monat den Brief an dich Thea persönlich in die Hand gedrückt, damit du auch ja kommst."

„Thea?! Persönlich?!" Fiete schaute sie völlig entgeistert an. „Sie hat mir nichts gegeben."

„Äh, Fiete", sagte einer aus der Runde vorsichtig, „kann es sein, dass dir Thea noch mehr verheimlicht?"

„Wie meinst du das?", stotterte Fiete.

„Na ja ... sie scheint auch dein Handy zu inspizieren ... möchte ich es nennen. Ich habe neulich einen versehentlichen Videoanruf von deiner Nummer bekommen, doch das Gesicht, was den Bruchteil eines Wimpernschlags zu sehen war, gehörte nicht dir."

Fiete wurde blass. „Das ... das gibt es doch nicht! So ein Aas!" Er schob Sam sein Handy hin. „Hilf mir mal, Fingerprint einzurichten."

Sam erfüllte die Order sofort und zur vollsten Zufriedenheit Fietes. „Gern geschehen."

„Wie war das mit dem Rauswerfen?", witzelte Karl, der das Drama mit angehört hatte.

„Wird prompt erledigt", grollte Fiete. „Was zu viel ist, ist zu viel!"

Wari plante ihren Zauber um. Thea hatte sich eine nachhaltige Strafe regelrecht herausgebettelt. Die werde sie auch bekommen. Zudem hatte sie ein dummes Gefühl, den späteren Abend betreffend.

„Wir sollten Fiete nach Hause begleiten. Es braut sich etwas zusammen", hörte Sam ihre Stimme im Kopf.

„Sofort?"

„Nein. Erst wenn sich alle auf den Weg machen."

Das war dann gegen 22 Uhr.

„Du weißt doch schon wieder was!", murmelte Fiete, als ihm Wari kundtat, dass er Begleitung haben werde.

„Könnte man so ausdrücken", gab sie bekannt. „Ich habe nur keine Ahnung, welcher Art das Ungemach sein könnte."

Fiete atmete tief durch. „Ich bin froh, dass ihr mitkommt."

Bei Hilde in der Wohnung ging gerade das Licht aus, als sie vor Fietes Haus eintrafen.

„Ist das nun gut oder schlecht?", fragte sich Fiete laut.

„Nur Zufall", gab Wari bekannt. „Sam geht mit bis zu deiner Wohnungstür."

„Mach mir keine Angst!", stammelte Fiete beklommen.

„Ach was. Was passieren wird, ist harmlos, aber doof. Sam wird das Richtige einfallen. Gute Nacht, Fiete."

„Gute Nacht."

Augenblicke später war Fiete dankbar, für Sams Begleitung. Thea hatte nämlich, um ihm eins auszuwischen, den Schlüssel von innen stecken lassen.

„Ist sicher auch halb rumgeschlossen", flüsterte Sam, als Fiete versuchen wollte, den Schlüssel mit seinem aus dem Schloss zu schieben.

Auf Klingeln reagierte sie nicht.

„Lass den zweiten Versuch", schlug Sam vor. „Gib mir die Nummer deiner Frau." Er tippte sie in sein Handy. Den Hintergrundgeräuschen nach musste Thea vorm Fernseher hocken, als sie gefühlte 100 Jahre später das Gespräch doch noch annahm.

Sam sagte, ohne sich vorzustellen: „Sie haben genau vier Sekunden Zeit, den Schlüssel aus dem Schloss zu ziehen, sonst trete ich die Tür ein." Er legte auf.

Fiete grinste sich eins. Besonders als es drinnen hektisch wurde. Madame öffnete die Tür, Sam sezierte sie fast mit Blicken, die sie innerlich erstarren ließen, ehe er Fiete eine erholsame Nacht wünschte. Er wandte sich erst zum Gehen, als Fiete einen Fuß über die Schwelle gesetzt hatte.

Thea schaute, als er sich schnurstracks ins Bad begab, halb ängstlich, halb hasserfüllt, durch den Gardinenspalt auf die Straße, wo Sam soeben bei Wari anlangte. Die konnte den Blick fühlen, hob den Kopf, worauf ihre Augen in einem magischen blauen Feuer aufleuchteten. Thea ließ entsetzt zusammenzuckend die Gardine los, weil sie in ihrem Kopf zeitgleich deutlich eine fremde Stimme hörte: „*Alles, was von nun an geschieht, war deine Entscheidung!*"

Der azurblaue Schein erlosch. Wari bat Sam: „Gehen wir. Sie wird ihn vorerst in Ruhe lassen."

Karma

„Ich hätte gerade nicht an ihrer Stelle sein wollen", erklärte Sam, der die unheilvolle Aura deutlich gefühlt hatte, mit rauer Stimme, sanft Wari Wange mit dem Fingerrücken streichelnd.

Sie hielt seine Hand fest. „Ich auch nicht. Nun hat sie einen Nixenfluch an der Backe, der alles verstärken wird, was sie tut. Böses wie Gutes. Ich mische mich nicht gerne ein. Aber hätte ich gewartet, würde sie womöglich ein noch viel schlimmer Fluch ereilen. Glaube mir, sie hat verdient, was sie nun trifft. Ein anderer, als Fiete, hätte sie wohl schon lange im Zorn erwürgt. Ach, ich freue mich auf ein Salzbad und eine wundervolle Nacht an deiner Seite", seufzte sie, ihm vergnügt zublinzelnd, worauf sich Sams Beklemmung sofort legte.

Sie saßen am nächsten Morgen ganz entspannt beim Frühstück, als Fiete anrief. Wahrscheinlich von seiner Lieblingsbank am Meer aus, denn es war deutlich eine steife Brise im Hintergrund zu hören. „Ihr werdet nicht glauben, was heute früh auf den Tisch lag! Der Brief von der Schule und zwei Einladungen von der Kindertagesstätte hier aus dem Ort!"

„Hat sie was dazu gesagt?", fragte Sam.

„Kein Wort. Ich habe ja auch mit nichts reagiert", erklärte Fiete. „Sie hat schweigend gegessen, ohne mich ein einziges Mal angesehen. Offenbar hat sie dein Auftritt vor der Tür doch ein bisschen beeindruckt."

Wari grinste vergnügt, als Sam ihm lachend zu erzählen begann, dass er das Beste gar nicht bemerkt habe, und wie es vonstattengegangen war.

„Oha! Ohhhhaaaa! Oh, oh, haaaaaa!", stotterte Fiete erschreckt.

Sam unterließ es allerdings, ihn über die Art des Fluchs zu unterrichten. Fiete würde in seiner Gutmütigkeit nur versuchen, Thea ins Gewissen zu reden, ehe es zu spät für sie sei.

„Na, da hat eine gründlich die Hosen voll", schmunzelte Sam, als er aufgelegt hatte.

Wari nickte. „Weißt du, ich hatte ursprünglich sogar vor, ihr einen vernünftigen Mann zuzutreiben, in den sie sich Hals über Kopf verliebt. Aber der gestrige Auftritt im Restaurant war so niveaulos, dass ich einfach umdisponieren musste. Und trotzdem wäre es nicht so schlimm für sie gekommen, wenn die Sache mit dem Schüssel nicht stattgefunden hätte. Der Blick zwischen den Gardinen hindurch war für mich das Zeichen, meine Kräfte sofort fließen zu lassen." Wari streckte sich genüsslich. „Ich hätte nie gedacht, dass ich sie jemals wieder aktivieren würde. Kleiner Hinweis: Sie lassen sich nicht nach Belieben ein- oder ausschalten. Ich werde also länger, als ein Menschenleben dauert, eine Art Tornado sein, dessen Schrecken aus dem Nichts auftauchen können. Wobei ich gleichzeitig für jene, die mir etwas bedeuten, als Garant für dauerhaftes Glück fungiere."

„Die Variante behagt mir deutlich mehr", murmelte Sam, sie mit Gedankenchaos musternd.

„Dass ich es dir verraten habe, zeugt davon, dass ich dir zu 100 Prozent vertraue. Sonst wäre ich ja auch nicht Knall und Fall bei dir eingezogen."

Sam zog sie auf seinen Schoß, um sie ganz fest im Arm zu halten. „Ich kann mir ein Leben ohne dich gar nicht mehr vorstellen, obwohl es gerade erst begonnen hat. Ich liebe dich."

„Ich kann es fühlen. Ich liebe dich auch", flüsterte Wari, sich ankuschelnd. „Und ich schwöre, deinem Wort zu gehorchen, wie nichts anzufassen oder nass zu machen, das mir und dir Schaden verursachen kann."

„Es ist meine größte Sorge, dass dir etwas zustoßen könnte", murmelte Sam.

„Ich weiß", flüsterte Wari. „Gehen wir schlafen, ich bin sehr, sehr müde."

„Nicht ohne Salzbad!", erwiderte Sam kategorisch.

„Hast recht. Ich will vernünftig sein", seufzte Wari, kurz darauf sofort in der Wanne einschlafend.

Sam ging ins Bett, ließ aber alle Türen offen, um hören zu können, ob Wari Hilfe benötige. Die Nixe wachte erst kurz vor dem Morgengrauen auf, ohne wirklich munter zu werden. Sie zog sich aus der Wanne, trocknete sich im Halbschlaf akribisch ab, um Augenblicke später zu Sam in Löffelchenstellung ins Bett zu kriechen.

„Schlaf weiter", wisperte sie. „Es ist mitten in der Nacht."

Sam lächelte in sich hinein, weil ihn die deutlich Kühle ihrer Haut, erschreckt hatte. „Ich versuche es", gähnte er, die Arme um sie legend.

Wari war das mit der kalten Haut wohl auch soeben eingefallen, sie grinste schuldbewusst. „Oh je."

„Macht nichts." Sam schlief tatsächlich sofort wieder ein. Als er gut ausgeruht aufwachte, stand das Frühstück auf dem Tisch, die letzten Tropfen Kaffee liefen durch den Filter und Wari strahlte ihn fantastisch gelaunt an. „Guten Morgen! Nur bei den Eiern bin ich nicht sicher, alles richtig gemacht zu haben. Ich hatte Angst, mich zu verbrühen."

„Guten Morgen! Heute kann nur ein hervorragender Tag werden", erwiderte Sam dankbar, Wari auf die Nasenspitze küssend. „Egal, was mit den Eiern ist. Dir muss es gut gehen!"

„Tut es. Trotz gestern Abend. Bei einem derart zänkischen Biest würde es glatt meine Nixen-Ehre beschmutzen, gäbe ich ihr keinen ordentlichen Denkzettel", gab Wari bekannt.

Am selben Tag begann der Fluch, sich zu erfüllen. Thea raunzte auf der Strandpromenade einen älteren Herrn an, der es wagte, in der Schlange vor ihr einen Wimpernschlag länger als andere nach Kleingeld für sein Fischbrötchen zu suchen. Auf ihr gehässiges Keifen reagierte er nicht. Schaute sie aber, als er sein Brötchen in der Hand hielt, und die Schlange in Gegenrichtung passierte, so durchdringend an, dass sie glatt an die Frau im Rollstuhl erinnert wurde. Thea erstarrte innerlich zu Eis.

„Wissen Sie, wer das war?", fragte der Kioskinhaber, mit dem Kopf auf den am Geländer der Promenade stehenden Mann deutend.

Thea verneinte.

„Mr. Wood, der Eigner mehrerer mittelgroßer Jachten. Er hat in jedem Meer eine liegen", bekam sie zur Antwort. „Sollten Sie ihn hier vergraulen, brauchen Sie nicht mehr bei mir anstehen!"

Sie erhielt ihr Fischbrötchen, wobei sie das erste Mal Trinkgeld gab, weil sie viel zu verwirrt war, um das Wechselgeld zu fordern. Dann begann sich das Räderwerk der Gedanken zu drehen. „*Wood. Wood? Etwa der reiche Witwer ohne Verwandte?*" Tante Google gab genau das als Auskunft. „*Vielleicht kann ich mich bei ihm einschleimen, indem ich mich ihm wegen vorhin fast zu Füßen werfe?*" Sie betrachtete ihr Spiegelbild in einer Schaufensterscheibe, wobei sie im Hintergrund deutlich den schwerreichen Mann stehen sah. Sie sah für ihr Alter immer noch gut aus. An

117

Fiete verschwendete sie keinen einzigen Gedanken.

Wood war nicht der Typ, sich zum Zeitvertreib Bunnys auf sein Schiff zu holen. Er liebte seine buchstäbliche Freiheit, weit entfernt von jeglicher Jagd nach einer neuen Partnerin. In seinem Testament war schon festgeschrieben, welche charitative Einrichtung einen Teil seines Vermögens erben werde. Für den großen Rest hatte er sich noch nicht festgelegt. Die Zeit bis zu seinem letzten Atemzug wollte er nutzen, sich die schönsten Flecken Erde anzuschauen, die er mit seinen Jachten erreichen konnte. Zudem besaß er als Weitgereister eine hervorragende Menschenkenntnis.

„Entschuldigung angenommen. Alles Weitere versuchen Sie am besten nicht erst", sagte er kurz, als sie sich ihm zielstrebig genähert hatte.

Thea zog ab, als habe er ihr ein Glas Champagner mitten ins Gesicht geschüttet. Seine Worte waren so eindeutig gewesen, dass sie keinen Fehler bei der Übersetzung gemacht haben konnte. Wood sah ihr mit zusammengezogenen Augenbrauen hinterher. Er fühlte, dass dieses Zusammentreffen nicht ohne Bedeutung sein werde. Die Möwen gingen bei ihm heute leer aus. Mit hintergründigem Lächeln steckte er sich den letzten Happen der leckeren Fischkreation in den Mund.

Thea war nach Hause geeilt und versuchte, an Fiete Frust abzulassen. „Ich habe heute Mr. Wood kennengelernt", sagte sie in hochnäsigem Ton.

„Oh Gott, mein vollstes Beileid für ihn", murmelte Fiete.

„Weißt du überhaupt, wer das ist?", fragte sie spitz.

„Aber sicher. Einer, der weiß, dass man aus einem Klabautermann keine Sirene machen kann."

Thea starrte ihn mit offenem Mund an, als er seine alte Werkzeugtasche aus dem Schrank nahm. „Gehab dich wohl! Ich gehe zum Date mit Mister Wood", gab er ungefragt Auskunft und trollte sich bis über beide Ohren grinsend, weil Theas Grimasse derart dümmlich wirkte, dass er gar nicht anders konnte.

Sie schlich ihm sogar bis zu den Anlegeplätzen der Jachten hinterher, weil sie es für einen schlechten Scherz gehalten hatte. Fiete meinte es ernst! Er enterte soeben die Gangway zum Deck des Millionärs, der ihn persönlich willkommen hieß, wobei er ihm die Hand schüttelte. Theas Gesicht wurde buchstäblich ellenlang. Den dicken Fisch musste sie von ihrem Beuteplan streichen. Woher sich die Männer kannten, brauchte sie nicht lange überlegen. Fiete galt noch immer als einer der Besten in der Branche, auch im Ruhestand. Er sprach nie über seine handwerklichen Kontakte, er handelte, wenn seine Hilfe gebraucht wurde. Wo und wie er seine Anfragen bekam, wusste sie eigentlich auch, wobei sie es gerade eben erst begriff – man sprach ihn auf seiner Lieblingsbank am Strand an, oder beim Fischbrötchenmann, der Fietes Künste voller Inbrunst lobte.

Hatte ihm dieser doch einen seiner Verkaufswagen repariert, ohne viel darüber zu reden. Fiete hatte sich Schutz vor Wind gesucht, mit seinem Krabbentütchen hinterm Wagen gestanden und beim neugierigen Betrachten der Technik ein paar Kleinigkeiten entdeckt, wegen denen man keine neue TÜV-Plakette erteilt hätte. Vier Tage später waren die Schäden erstklassig und zu einem Preis repariert, der Fiete zum Halbgott für den Händler aufsteigen ließ, was natürlich die Runde machte. Dass Fiete immer noch Schiffsbauer mit Leib und Seele war, wusste in dem kleinen Kaff nicht nur jeder Alt-eingesessene. Statt an die Werft wandte man sich bei Kleinigkeiten zuerst an ihn.

Sam erfuhr davon ganz nebenbei, weil es Wari in der Fischgaststätte aus den Gedanken einiger Männer gefiltert hatte. Sein Boot hatte auch dringend ein paar Kleinreparaturen nötig. „Frag Fiete, ob er dir helfen möchte. Er tut es gern", regte sie an. „Vor allem weiß er, was er tut, was ja wohl das Wichtigste ist. Er ist der heimliche Star an den Stegen", setzte sie verschwörerisch blinzelnd hinzu.

Ein Anruf genügte, da stand Fiete auch schon auf der Matte, um an Sams Boot zu werkeln. „Hast du Farbe im Haus?", wollte er wissen, als technisch wieder beste Ordnung herrschte.

„Hab ich."

„Her damit! Dann musst du dich nicht plagen und kannst deinen Resturlaub mit Wari richtig genießen", blinzelte er, sich vergnügt, einen Shanty pfeifend, ans Werk machend.

„Dein Gesicht ist goldwert!", kicherte die Nixe, Sam anstupsend.

„Ihr hättet gestern Theas Gesicht sehen sol-len", lachte Fiete auf, die kurze Begebenheit vom späten Nachmittag erzählend. „Ich habe es mir ganz sehr verkniffen, Wood zu stecken, dass es meine Gattin war, die ihn dumm angemacht hat. Hab es glücklicherweise vorher vom Fischhändler erfahren!"

„Dass sie dir nachgelaufen ist, um zu spionieren, weißt du offenbar aber noch nicht", merkte Wari an.

Fiete schüttelte ganz langsam den Kopf. „Wird Zeit, dass ich die Reißleine ziehe."

„Richtig!", stimmten Wari und Sam in gleichem Tonfall zu.

Fiete klaubte, noch ins Sams Boot hockend, das Handy aus der Tasche. Nach dem vierten Klingeln nahm jemand das Gespräch an. „Guten Tag, hier ist Fiete Brandner, ich brauche einen Termin wegen Scheidungsangelegenheiten." Er lauschte. „Okay, ich bin am Montag neun Uhr in der Kanzlei. Danke und bis dahin."

Wari und Sam hoben, ebenfalls völlig deckungsgleich, beide Daumen.

„Ich halte euch auf dem Laufenden." Fiete packte mit zufriedenem Lächeln sein Werkzeug ein, reinigte Pinsel und Bürsten. „Fast wie neu!", freute er sich.

„Was bekommst du?", wollte Sam sofort wissen.

„Gib mir bei Gelegenheit ein Bier aus", gab Fiete vergnügt zurück.

„Okay, am Samstag 18 Uhr im Fischrestaurant mit großem Menü", legte Sam übers ganze Gesicht strahlend fest.

Wari nickte heftig. „Vergiss nicht, Hilde mitzubringen!"

„Schreib ich mir ganz dick hinter die Ohren", versprach Fiete, sich herzlich von beiden verabschiedend.

Wari ließ sich ins Haus schieben. „Wood wäre im günstigen Fall, also vor dem miesen Auftritt in der Gaststätte, mein Kandidat als Theas neue Flamme gewesen, damit Fiete schnell seine Ruhe vor ihr hat", verriet sie. „Sie hat es selbst von Grund auf mit Pauken und Trompeten vermasselt. Herzlichen Glückwunsch!"

„Wolltest du ihn bestrafen?", witzelte Sam.

Wari schaute ihn irritiert an, begann dann aber auch zu lachen. „Nein, für ihn hätte sich alles zum Guten gewendet. Er ist ein anständiger Kerl, dem ich immer hilfreich und unbemerkt zur Seite stehen werde, wenn er sich in meinem Gewässer aufhält. So war ich ja auch auf dem gestrigen Tauchgang am Pier, um herauszufinden, ob sein Schiff wieder flott ist. Dann habe ich Fiete gesehen und kurz darauf Thea. Ich hatte also alle Antworten auf einem Mal aus allererster Hand."

„Fühlst du dich fit, ab Montag allein hierzubleiben?", fragte Sam.

„Ja. Definitiv. Zumal ich das Telefon bedienen kann, wie du es mir gezeigt hast, und ich dich um Rat fragen kann, wenn ich wirklich nicht weiter weiß. Ich werde Lesen und Schreiben üben, Musik hören und schlafen."

Sam gab ihr einen zärtlichen Kuss.

„Äh, Sam, von meinem Ausflug habe ich was mitgebracht ..." Wari zog einen Ring hervor. „Muss ich den auch abgeben?"

„Wo hast du ihn gefunden?"

„Im Hafenbecken, aber ziemlich weit draußen", erwiderte sie.

„Na, dann kann er von Gott weiß woher stammen", beruhigte Sam sie. „Wir werden ihn reinigen, damit du schick mit ihm aussiehst. Er ist sicher nicht uralt, aber wunderschön."

„Ohhhh! Danke!", jubelte Wari. „Ich zeige ihn Hilde."

„Guter Plan! Sie kann dir vielleicht sogar verraten, wo der Ring gefertigt wurde." Er nahm eine Lupe zur Hand. „Einen Stempel hat er schon mal. Das ist Platin."

„Also sogar mehr wert als Silber", flüsterte Wari verzückt. „Dann wird der Stein ganz sicher echt sein."

„Richtig!", freute sich auch Sam. „Noch ein Grund mehr, dass du ihn selber tragen sollst. Wenn er nicht passt, kann man ihn ändern."

„Dass er passt, habe ich sofort herausgefunden", kicherte Wari, ihn sich über den Mittelfinger der linken Hand streifend. Sie folgte Sam, der das Kleinod sofort in ein mildes Reinigungsbad legte, um es ein paar Minuten später mit einem Pinsel von Schmutz zu befreien und es anschließend mit einem Tuch aufzupolieren. Das Ergebnis ließ Wari jubeln.

„Ich tippe auf einen Diamanten im Kissenschliff", sagte Sam plötzlich. „Damit könnte er aus dem 19. Jahrhundert stammen und doch schon ein paar Jährchen auf dem Buckel haben. Das würde auch zum Platin passen, das vorher gar nicht verarbeitet werden konnte."

„So ein Archäologe ist eine feine Sache", blinzelte Wari. „Was du alles weißt, haut glatt die stärkste Nixe um. Dann hätte ich jetzt also einen rosa und einen wasserklaren Diamanten. Gibt es die auch in anderen Farben?"

Sam zog den Laptop heran und Wari staunte.

„Vielleicht kann man ja in Nixen-Ohren Löcher stechen, wie bei Menschen", wisperte sie versonnen, worauf Sam schallend zu lachen begann. Wari zuckte fröhlich mit den Schultern.

„Zumindest dürfte keiner dabei die Membran erspähen, die deine Ohren beim Tauchen verschließt", überlegte er laut.

Fiete saß schon im Lokal, als Hilde mit den beiden Liebenden eintraf, die sie auf dem Weg hierher getroffen hatte. Er stand auf, um alle zu begrüßen. „Meine Güte, siehst du wieder toll aus!", staunte er über Waris kunstvolle Hochsteckfrisur.

„Dankeschön!", strahlte sie. „Hat natürlich wieder Sam gezaubert, weil ich bei sowas noch etwas unbeholfen bin."

„Immer zu Diensten, schöne Dame", lachte Sam mit einer angedeuteten Verbeugung.

Hilde lächelte vergnügt. „Sie könnte ich mir glatt als fahrenden Ritter oder Minnesänger vorstellen, der seinem angebeteten Burgfräulein ein Ständchen bringt."

„Solange mir keiner aufträgt, einen Drachen zu töten, wäre die Welt auch damit in Ordnung. Ich würde es nicht übers Herz bringen, den armen Viechern nachzustellen. Dafür mag ich Märchenfiguren und Sagengestalten viel zu sehr."

„Kann ich bestätigen", riefen Wari und Fiete im Chor, worauf alle vier herzlich zu lachen begannen.

„Was darf ich der fröhlichen Runde kredenzen?", grinste der Wirt.

„Zwei Bier, zwei Sanddornsäfte und die Abendkarte", schmunzelte Sam.

Die Karte angelte der Wirt vom Nebentisch, wo sich die Gäste gerade zum Gehen anschickten. Hilde hatte natürlich gleich Waris Ring erspäht. „Auch aus Rom?", fragte sie erstaunt.

„Nein. Ein Erbstück", erklärte Wari, den Ring abziehend und ihr reichend.

„Hmm, interessant", murmelte Hilde, das hübsche Kleinod mehrmals eingehend betrachtend, ehe sie nach dem Stempel auf der Ringschiene suchte. „Na so was!", rief sie erstaunt. „Doch schon etwas älter, als ich vermutet habe. Er muss um 1900 gefertigt worden sein. Er trägt ein Schauzeichen. 1884 wurde das Stempelgesetz für Silberschmuck und Silberbesteck erlassen. Daraus hat sich allerorts eine eigenständige Markenstempelung entwickelt. Dass er aus Platin ist und der Stein als Kissen geschliffen ist, würde zum Ganzen passen, weil Platin ja vorher gar nicht als Schmuck verarbeitet werden konnte. Wegen der Art des Metalls, ist auch zu erwarten, dass es sich beim Stein um einen Diamanten handelt. Bergkristall kommt da einfach nicht infrage." Sie gab Wari den Ring zurück.

„Sam hätte wetten sollen", staunte Wari. „Bis auf die Sache mit dem Gesetz hat er es mir genau so erklärt."

„Haben Sie eine Idee, wo er hergestellt worden sein könnte?", fragte Sam.

„Ich denke, es war ein deutscher Goldschmied, obwohl das Zeichen des Meisters, wohl eine Sonne, etwas unsauber geschlagen worden ist. Eine Blume ist unwahrscheinlich."

„Sam hat schon gelacht, weil ich mir nun auch noch Ohrringe in einer dritten Diamantenfarbe wünsche", seufzte Wari. „Aber ich habe ja nicht mal Löcher dafür."

„Die könnte ich Ihnen sogar selber stechen und für den Alltag ein paar einfache Goldcreolen rein machen", bot Hilde an. „Das war immer meine Aufgabe, als wir noch das Geschäft hatten. Und wenn Sie dann irgendwann, irgendwo Ihre Traumohrringe für besondere Anlässe erspähen, können Sie diese gleich tragen."

„Oh ja! Das wäre super!", jubelte Wari.

Sam verdrehte lustig die Augen und Fiete grinste sich eins. Die beiden würden sicher gleich morgen bei Hilde vor der Tür stehen. Dann wurde Fiete ernst. „Hilde, ich muss dir was sagen." Und ehe sie zum Erschrecken kam: „Ich reiche morgen die Scheidung ein."

„Oh." Hilde schaute Fiete mit mühlradgroßen Augen an. Sam hielt Karl am Ärmel fest. „Bringst du uns bitte eine Runde Sekt, aber ein Glas muss alkoholfrei sein!"

„Wozu kann man gratulieren?", fragte der Wirt, den Sekt kredenzend.

„Erst mal nur zu einem unumstößlich geplanten Vorhaben", gab Fiete mit fester Stimme bekannt.

„Ich drücke unwissenderweise die Daumen!"

„Danke. Die ganz große Party, wenn alles in Sack, Tüten und trockenen Tüchern ist, feiern wir natürlich auch bei dir", gab Fiete mit blitzenden Augen bekannt. „Das wird dann zwar wohl erst nächstes Jahr im selben Monat oder etwas später. Aber lieber spät als nie und das ganze Leben bereuen.“

„Klingt nach Scheidung“, staunte Karl.

Sam nickte kurz und hob das Sektglas. „Auf gutes Gelingen!“

„So möge es sein“, antwortete Wari mit strahlendem Lächeln. „Genau so!“

„Bei mir auf der Etage wird die zweite Wohnung frei“, ließ Hilde fallen.

„Ich werde gleich morgen Kontakt aufnehmen“, versprach Fiete. Und fügte für Wari und Sam hinzu: „Die Wohnungen sind etwas kleiner als meine. Wenn man später aber einen Durchbruch macht, hat man was richtig Schickes.“

Wari rieb sich die Hände, worauf Hilde zu kichern begann: „Dass ich das auf meine alten Tage noch erleben darf!“

Wari nahm Sams Hand. „Manche Wünsche brauchen halt ein bisschen länger und ein paar Umwege, um endlich wahr zu werden. Ihr beide werdet sicher schnell das beste aus der Situation machen. *Und ich halte meine schützenden Hände darüber.*“

Hilde hob ruckartig den Kopf und versuchte, in Waris Augen zu lesen. Sie hatte deutlich einen Satz mehr gehört, als diese gesagt hatte.

Wari blinzelte. „*Ist mein Geschenk an Sie.*"

„Ich glaube, die beiden unterhalten sich ohne uns", schmunzelte Sam.

Fiete hob die Schultern. „Scheint mir auch so."

Waris Mundwinkel wanderten auffällig Richtung Ohren.

„Ich komme da gerade nicht ganz mit", stammelte Hilde leicht verwirrt.

Sam wechselte einen kurzen Blick mit Wari. „Vielleicht sollten wir Sie für morgen ganz einfach zum Kaffee zu uns einladen und ein bisschen aus dem Nähkästchen plaudern? 15 Uhr? Ich hole Sie mit dem Auto ab. Fiete wird bestimmt auch dabei sein."

„Das ist er", blinzelte der verschwörerisch. „Da können wir gleich mein Auto nehmen."

„Bestens." Wari rieb sich schon wieder die Hände.

Hilde atmete tief durch. „Gebongt. Ich werde ganz bestimmt alles zum Löcherstechen mitbringen. Versprochen."

Da nahte auch schon der Wirt mit dem Essen. „Lasst es euch schmecken!"

Nixenkräfte

Wari und Sam begrüßten ihre Gäste mit herzlichen Umarmungen. Hilde schaute sich neugierig um, weil es das Haus war, das einst Fiete gehört hatte. Von außen sah es absolut romantisch und anheimelnd aus, von innen genau so, obwohl Sam es modern eingerichtet hatte. „Das Haus hat Seele", schwärmte sie.

„Genau deshalb musste ich es haben", erzählte Sam. „Ich konnte fühlen, dass in jedem Detail Herzblut und Handwerkskunst des Besitzers steckte. Der Makler hatte ausschließlich Dollarzeichen in den Augen. Aber das habe ich verdrängt, nachdem ich noch drei neu gebaute Häuser im Bungalow-Stil besichtigt hatte. Mit keinem davon wäre ich glücklich geworden. Beton und Gärten, die nicht mal welche waren. Kieselsteinflächen, um bloß nicht Unkraut zupfen zu müssen. Widerlich. Einfach widerlich."

„Hier habe auch ich mich vom ersten Augenblick an wohlgefühlt", strahlte Wari. „Ich kenne das Haus seit seinem Bau. Ach, ist das lange her! Bin ja auch die Älteste in unserer Runde. Da biete ich Hilde gleich einmal das Du an."

„Die Älteste?", flüsterte Hilde mit tonloser Stimme, gleichzeitig den Männern hilflose Blicke zuwerfend.

Fiete nickte. „Genau so ist es, liebe Hilde. Gegen Wari sind selbst wir beide frisch geschlüpfte Heringe."

Wari machte es kurz. Sie zog den Reißverschluss des Schlupfsacks auf. „Deswegen."

Hilde hielt sich mit einer Hand den Mund zu, um nicht in völliger Verblüffung laut aufzuschreien. Was sie vor Augen hatte, präsentierte sich derart echt, dass ihr der Gedanke an so ein neumodisches Schwimmkostüm für Meerjungfrauen gar nicht erst in den Sinn kam. „Da geht mir natürlich ein Licht auf, weshalb ich deine Stimme in meinem Kopf gehört habe. Und auch, warum ich stets so eine wohlige Wärme fühle und sich so plötzlich alles zum Guten wendet." Sie drückte Wari fest und innig ans Herz.

Wari ließ sich von Sam den Schlupfsack abnehmen. „Für jene, die ich mag, spiele ich natürlich gern ein bisschen Glücksbringer, während andere auslöffeln müssen, was sie sich selber eingebrockt haben." Sie teilte Kuchen aus, Sam füllte die Tassen. „Jedenfalls weißt du nun auch, warum Fiete seit Tagen nichts aus der Ruhe bringen kann. Er ist zudem ein ältester Sohn." Sie erzählte Hilde im Schnelldurchgang die zugehörige Geschichte. „Daher kenne ich auch das Haus von der Grundsteinlegung an. Nur halt mit Blick von Weitem. Das Nahe hat erst Sam für mich möglich gemacht. Und natürlich der hilfreiche Rollstuhl von dir."

„Da habe ich einen wichtigen Hinweis für Fiete", warf Sam ein. „Die Münze darfst du auf gar keinen Fall mit nach Rom, also generell ins Ausland, nehmen. Das würde nur sinnlosen Ärger geben, wenn man dich an den Grenzen kontrollierte."

Wari nickte mehr für sich. „Bei solchen Dingen solltest du dich an Sam halten, ich habe von euren Gesetzen keinen Funken Ahnung. Er hat als Archäologe auch die Widrigkeiten im Blick, die andere erst bemerken würden, wenn es zu spät ist."

„Weil wir gerade über die Kette sprechen ... wie wäre es, gleich die Löcher zu stechen? Ich habe ja keine Ahnung, wie Nixen-Ohren auf sowas reagieren", ließ sich Hilde vernehmen.

„Gute Idee", meinte Wari. „Bei mir heilen ja sämtliche Blessuren in wenigen Stunden ab.

Möglich, dass ich gar keine Ohrringe haben kann."

„Dann bekommst du Clipse. Nur tun die recht schnell weh und der Druck an den Ohrläppchen kann echt nerven", seufzte Hilde, ihr Handwerkszeug auspackend. Sie hatte besonders schöne goldene Creolen herausgesucht, die sich durch gerade Stege leicht schließen ließen und trotzdem sicher waren. Sie machte mit einem Hautmarkierstift winzige Pünktchen, wo sie die Löcher stechen wollte, fädelte die Ohrringe in das kleine Gerät und schon hing der erste Ring an Waris Ohr. Es hatte weder geblutet noch geschmerzt. Das zweite Ohr war genau so schnell geschmückt, worauf sich Wari von allen Seiten im Spiegel betrachtete. Mit Freudentränen dankte sie Hilde.

„Was bekommst du?", fragte Sam.

„Nichts. Diese strahlenden Augen sind der schönste Lohn", freute sich Hilde. „Du musst nur hin und wieder die Ohrringe etwas bewegen, damit die Löcher auch welche bleiben. Zumindest bei Menschen wäre das ratsam."

Wari nickte. „Klingt logisch. Weil bei mir alles schneller heilt, werde ich den Rat besonders beherzigen. Bis es wieder gut ist, werde ich im sauberen Wasser der Badewanne bleiben. Im Meer bilden sich manchmal so eklige schmierige Beläge auf Wunden. Die riechen an der Luft ganz übel und Schmerzen bekommt man dann zusätzlich", erklärte die Nixe, noch einmal mit stolzem Blick ihren schönen neuen Ohrschmuck betrachtend. „Ich bin bestimmt die erste und einzige Nixe weit und breit, die sowas hat."

„Du bist ja auch eine ganz besondere", pflichtete Sam bei. „Denn du dürftest ebenfalls die einzige Nixe sein, die lesen, schreiben und sich allein auf dem Land fortbewegen kann."

„Ist schon verrückt, was sich in so wenigen Tagen alles für mich verändert hat", kicherte sie. „Meine Liebe zu dir ja auch." Und ehe Sam erschrecken konnte: „Die wird nämlich immer größer!"

„Puhhh! Ich hätte jetzt fast einen Herzkasper bekommen!", stöhnte Sam mit verdrehten Augen.

Wari hob mit einem verschmitzten Grinsen die Schultern. Fiete und Hilde schmunzelten.

„Du Sam ..."

„Was hast du, mein Schatz?"

„Wenn du richtigen Urlaub hast ... können wir da auch nach Rom fahren? Obwohl ich ahne, dass es wegen mir tausend Probleme geben könnte."

Sam atmete tief durch. „Könntest du mehreren Menschen gleichzeitig die Sinne vernebeln?"

Wari senkte den Kopf, dann wiegte sie ihn langsam. „Zweien oder Dreien ganz sicher. Ob es bei noch mehr Leuten funktioniert, weiß ich nicht genau. Gegen Technik hätte ich gar keine Chance."

Sam war klar, dass sie Bodyscanner und Röntgengeräte meinte. „Irgendeine Lösung werden wir finden. Ich schwöre es."

„Es muss doch irgendwas zu machen sein, dass Wari ihren Traum verwirklichen kann", klagte Hilde, als sie sich abends vor ihrem Haus von Fiete verabschiedete.

„Ich werde herumhorchen! Versprochen."

Die Nixe bewegte alle paar Minuten ihre Ohrringstege hin und her. „Die wollen doch tatsächlich einwachsen! So nicht, meine Lieben!"

Sam spürte beim vierten Mal ein deutliches Kribbeln auf der Haut, weil Wari nun ihre heilenden Kräfte einsetzte, damit sich keine Narben um die winzigen Löcher bildeten.

„Ich habe ein gutes Gefühl", beantwortete sie seinen zweifelnden Blick. „Ich hatte mit den

Abkapselungen gerechnet, die mein Körper vorhatte. Die Ohren kapieren aber langsam, dass die Löcher bleiben sollen. Bisher hätten so winzige Wunden tödlich sein können. Darum ist alles darauf eingerichtet, sie verschwinden zu lassen."

Sam wischte sich theatralisch die Stirn. Kurz vor Mittag bekam er eine Textnachricht von Fiete. *„Kann die Wohnung haben, plus Anwaltstermin dick in den Kalender geschrieben. Thea tobt."*

Hilde fragte telefonisch nach, ob mit Waris Ohren alles in Ordnung sei.

„Alles bestens. Heute Abend kann ich wieder im Meer schwimmen."

„Wie wäre es mit einem Spaziergang zum Fischbrötchen-Mann?", schlug Sam vor, weil sie beide etwas unschlüssig in der Küche standen.

Wari nickte heftig. „Nix wie hin!"

„Aber gern doch, schöne Frau!" Sam reichte ihr eine Jacke, um bei dem kühlen Wetter nicht aufzufallen. „Es ist Sonntag, da kannst du deinen wunderschönen Schmuck mit bestem Gewissen tragen. Ich sehe dir die Gedanken an der Nasenspitze an." Er reichte ihr die kleine Schatulle. „Ich freue mich doch riesig, dass es dir Spaß macht. Wir finden sicher auch was Schönes für den Alltag."

„Prima. Finden ist genau richtig. Da kostet es nur Nerven, es sauber zubekommen", erwiderte sie mit Unschuldsmiene.

Sam tupfte ihr blinzelnd mit dem Zeigefinger auf die Nasenspitze, schloss das Haus ab und schob sie im Rollstuhl gemächlich den Weg entlang.

„Oh ha!", murmelte Sam, weil die Schlange vor dem Wagen endlos zu sein schien.

Wari winkte ab, worauf sich Sam mit ihr einreihte. Sie hatte ja recht. Niemand trieb sie und beide freuten sich auf ein leckeres Brötchen.

„Der elegante Herr an sechster Stelle, in schwarzer Hose und beigem Blouson, ist Mr. Wood", hörte Sam Waris Gedanken.

„Ahhh, er weiß auch gutes Futter zu schätzen", schmunzelte Sam. *„Von den Fünf-Sterne-Kleckschen wird ein richtiger Mann ja nicht satt."*

Wari lachte vergnügt. Sam hatte ihr die Sache mit den Sternen erklärt. *„Die fünf Bewertungssterne des Fischwagens sind ihm wirklich lieber. Er möchte auch nicht als VIP hofiert werden"*, lese ich aus seinen Gedanken.

139

„Ach, deswegen steht er an, obwohl er sicher sofort bedient werden würde!", staunte Sam.

Hinter ihnen nieste jemand schallend, worauf sich beinahe jeder erschreckt herumdrehte. Woods Blick streifte den Rollstuhl.

„Hoffentlich ist noch was übrig, wenn wir dran sind", witzelte Wari, weil fast jeder mit einer Familienpackung davonging.

Auch Mr. Wood, der soeben an der Reihe war.

Er zahlte, nahm sein Paket entgegen und näherte sich ihnen langsam. „Ich habe Ihnen etwas mitgebracht, damit Sie nicht so lange anstehen müssen. Ich hoffe, Sie mögen es. Gehen wir zur Bank, da drüben", schlug er in hervorragendem Deutsch vor.

„Herzlichen Dank!", antworteten Wari und Sam überrascht, ihm folgend.

„Ich bin völlig unschuldig!", hörte Sam Waris zutiefst erstaunte Stimme.

Die Männer setzten sich, Wari bremste den Rollstuhl ihnen gegenüber an.

„Es dauert mich, wenn jemand an einen Rollstuhl gefesselt ist", begann Wood zu erklären, während er das Päckchen öffnete. „Ich hoffe doch, nur kurzzeitig."

Wari schüttelte den Kopf. „Dauerhaft und sehr dankbar dafür, dass es Rollstühle gibt.“

„Oh, tut mir aufrichtig leid“, murmelte Wood.

„Muss es nicht. Ich bin glücklich. Das ist das Wichtigste im Leben.“

Über sein Gesicht huschte ein zufriedenes Lächeln. „Oh, ich habe mich noch nicht einmal vorgestellt: Ich bin Tenner Wood.“

„Sehr angenehm! Wari Bach.“

„Sam Röwer.“

„Sam Röwer? Ich muss sowohl den Namen schon einmal gehört als auch Ihr Gesicht gesehen haben“, rief Mr. Wood. „Und sogar erst vor kurzem. Aber wo? Na, es wird mir sicher wieder einfallen. Was machen Sie beruflich?“

„Ich bin Archäologe.“

„Ha! Da haben wir's! Im Museum!“, rief Wood triumphierend.

Sam lachte herzlich. „Erwischt!“

Wari blinzelte. „Ich vermute, Sie sind Mr. Wood, der auf allen Meeren zu Hause ist.“

„Enttarnt. Dabei habe ich mir so eine Mühe gegeben, mich zu verkleiden“, schmunzelte der Erkannte, einen besorgten Blick zu den vielen Möwen werfend, die auf Beute lauerten.

Wari zuckte mit dem Augenlid Sam zu, dann stieß sie einen durchdringenden Schrei aus, der dem einer Möwe ähnelte, diese aber in heller Aufregung davonstieben ließ. „Schon ist Ruhe."

„Wow!", hauchte Wood, die Schönheit im Rollstuhl mit beinahe ehrfürchtigem Blick messend.

„Den Jodler möchte ich auch können", kicherte Sam. „Beeindruckend. Ich würde vermutlich noch mehr Vögel anlocken."

Wood nickte. „Auch Kakophonie will beherrscht sein."

Sam gab für Wari rasch die telepathische Erklärung. Sie lächelte vergnügt. Jeder wählte sich ein Brötchen und ließ es sich während netter Unterhaltung schmecken.

Woods Handy summte. Er entschuldigte sich und tippte eine Antwort ein. „Meine Crew wollte schon eine Vermisstenanzeige rausgeben", lachte er. „Dabei würde ich gern noch viel mehr über Sie beide und Ihren Job erfahren. Zumal in den Nachrichten kam, dass Sie ganz in der Nähe einen bedeutenden Fund gemacht haben."

„Ach was! Das ist schon in aller Munde?", stotterte Sam erschreckt. „Es ist Waris Entdeckung, die sie mir überlassen hat. Sie möchte wegen ihrer genetischen Probleme nicht im Licht der Öffentlichkeit stehen."

„Wenn Sie wirklich mehr erfahren möchten, laden wir Sie für nächsten Samstag zum Kaffeetrinken in unser Häuschen ein", schlug Wari vor. „Es ist das mit dem reetgedeckten Dach ganz rechts. 15 Uhr?"

„Oh, wundervoll! Ich werde kommen! Perfekt. Am Sonntag gleich darauf, reise ich nämlich ab." Woods warmherziges Lächeln wurde noch weicher. „Seien Sie bitte nicht böse, wenn ich mich jetzt verabschieden muss. Die Pflicht ruft nicht nur, sie brüllt." Er eilte mit langen Schritten davon

„Auf Wiedersehen bis Samstag!"

„Ich war wirklich unschuldig", murmelte Wari, ihm nachschauend.

„Sagen wir: fast. Denk an deine aktivierten Kräfte."

„Stimmt. Na, wenn sie solche Nebenwirkungen zeigen, habe ich nichts dagegen." Wari faltete die Verpackung zusammen, um sie im Vorbeifahren in den Mülleimer zu stecken.

„Es war perfekt, dass du ihn eingeladen hast. Du hast in allen Punkten recht. Er ist wirklich

ein patenter Kerl." Sam schob Wari im Schlen-
derschritt wieder zum Haus zurück, wobei sie
öfter stehenblieben und übers Meer schauten,
das heute mit fast silbern wirkenden Riffelwellen
geschmückt war. So kam es auch, dass sie den
Rest des Tages auf und im Meer verbringen
wollten. Sam fühlte die große Thermoskanne
mit Kaffee, packte zwei Becher, Obst und
Knabberkram in den Beutel, kontrollierte noch
einmal seine Tauchausrüstung und schon waren
sie auf dem Weg zum Boot. Diesmal hielten sich
erstaunlich viele Spaziergänger an ihrem Strand-
abschnitt auf, sodass Sam akribisch darauf achtete, Wari nicht enttarnen zu lassen.

„Wir ankern am besten neben dem Tangfeld,
wo wir uns kenngelernt haben", schlug Wari
vor. „Da liegt noch ein bisschen Krimskrams im
Schlick, den ich haben möchte. Jetzt, wo ich
weiß, wie wertvoll das alles ist."

„Aber gern doch!", strahlte Sam. Er warf kurz
vor dem Ziel den Anker, um nicht versehentlich
anderen Nixen die Nahrungsgrundlage zu zerstören.

Wari schlüpfte aus der Kleidung und glitt ins
Wasser, wohin Sam wenige Augenblicke später
folgte. Sie nahm seine Hand und führte ihn, wie

an einer Schnur gezogen, zu jener Stelle, die er sehr gut kannte. *„Sowas hier, meine ich!"*, hörte er Waris telepathische Stimme, als sie einen Zinnbecher mit plastisch herausgearbeiteten Jagdszenen aus dem Sand zog, wie andere eine Tasse aus dem Küchenschrank.

„Wow. Ich bin platt, wie eine Flunder", gab Sam zu. *„Der muss aus dem 17. Jahrhundert stammen. Das ist eine echte Rarität."* Er steckte das hübsche Stück in den Sammelbeutel an seinem Gürtel.

Wari rieb sich kichernd die Hände. *„Mal sehen, ob ich den Rest auch wiederfinde."* Sie drehte sich ganz langsam im Kreis und Sam hatte das Gefühl, sie sende Ultraschall aus. *„Mir nach!"*, rief sie, ihn an der Hand hinter sich her und einen Teller, ebenfalls aus Zinn, aus dem Grund ziehend. *„Die lagen vor langer Zeit mal direkt nebeneinander"*, erzählte sie, als Sam beeindruckt den Kopf schüttelte. Rasch war auch dieser Fund verstaut.

„Achtung! Petermännchen!", rief er, zu Boden zeigend.

„Igitt! Ich hasse die giftigen Viecher!" Wari schüttelte sich. *„Den lustigen Namen, den ihr ihnen gegeben habt, verdienen die gar nicht!"*

„*Tauchen wir auf, ich verrate dir oben, woher der Name stammen soll*", schlug Sam vor. Im Boot begann er zu erzählen: „Da wären wir gleich wieder bei den alten Römern und das, wo es doch keine Zufälle gibt", schmunzelte er. Wari riss die Augen auf. „Es soll sich vom niederländischen ‚pieterman' ableiten, was auf den Schutzheiligen Petrus hinführt."

„Ach, ich erinnere mich, das ist der mit dem Wetter, der in Rom gefangen war!", triumphierte Wari.

„Ja, so ist es kurz auf den Punkt gebracht", bestätigte Sam. „Die Fischer haben die giftigen Biester wieder ins Wasser geworfen. Praktisch als Opfergabe, um gutes Wetter auf dem Meer zu haben."

Wari seufzte. „Ich finde es prima, dass sie die armen Kreaturen leben lassen haben. Hast du eine Vorstellung, was alles tot im Meer landet, wenn die Fangschiffe die Netze aussortieren?"

„Habe ich", erwiderte Sam sehr ernst. „Ich weiß auch, was sich alles in Geisternetzen verfängt. Umso bescheuerter finde ich, dass private Organisationen, die sowas aus dem Meer ziehen, keine staatliche Unterstützung bekommen und die fachgerechte Entsorgung an Land selber bezahlen müssen. Aber ich wollte mich nicht aufregen. Das werde ich morgen bei der Arbeit wieder unfreiwillig tun."

Wari streichelte seine Hand. Dabei stellte sie fest, dass sich ihr Nagellack nun doch langsam verabschiedete und die Krallen bereits nachwuchsen.

„Macht nichts. Du bekommst heute Abend eine Maniküre mit Farbauffrischung", versprach Sam amüsiert. Er schenkte Kaffee aus und legte die Verpflegung auf ein großes Tuch.

Die Nixe war glücklich. Ein wundervoller Tag mit grandiosen Überraschungen. Die nächste folgte, indem Sam erklärte, ihre ‚Familienerbstücke' nur zeitlich bestimmen zu wollen. „Ob und wem du sie dann verkaufen möchtest, ist ganz dir überlassen."

„Prinzip begriffen", murmelte Wari. „Familienerbstücke ... ja, das hat was und ist nicht mal wirklich gelogen. Vieles ist als Opfergaben ins Meer geworfen worden. Denk nur an die Erntekörbchen von Fietes Linie, die auch heute noch dem Wasser übergeben werden. Wenn sich Weidenholz länger halten würde, könnte ich einen Handel mit kleinen Körben aufmachen!"

„Ab sofort wirst du Fietes Körbchen wohl an Land in Empfang nehmen", mutmaßte Sam.

„Nein. Ich werde danach tauchen, wie es sich gehört", lachte Wari. „Schließlich sind Rituale dazu da, sie peinlichst genau einzuhalten. Nur Schokoladenopfer dürfen auf mein Nachtschränkchen gelegt werden."

„Ich werde es mir merken", lachte Sam, sie ganz fest in die Arme schließend. Er nervte sie zu Hause auch nicht mit Fragen, ob sie ab dem nächsten Tag wirklich allein zurechtkommen werde. Stattdessen zelebrierte er die Maniküre mit anschließendem Farbenzauber für Wari.

Montag morgen staunte Sam, als der Wecker klingelte. Der Duft von Kaffee und frischen Brötchen zog durch das ganze Haus. Wari begrüßte ihn, vergnügt lächelnd, am Küchentisch. Auf der Arbeitsplatte der Küchenzeile stand, wohlgefüllt, seine Brotbüchse. „Wann bist du denn aufgestanden?", stotterte er.

„Vor einer halben Stunde", verriet Wari. „Ich kann doch den ganzen Tag schlafen. Da musst du dir deine Verpflegung nun wirklich nicht allein zusammenpacken. Schließlich habe ich gut aufgepasst, was du mir erzählt hast."

„Oh, du bist die Größte!", jubelte Sam, ihr einen Guten-Morgen-Kuss auf die Wange hauchend. „Ich muss rasch Zähne putzen und mich in einen zivilisierten Menschen verwandeln", blinzelte er.

„Bis dahin haben es auch die Eier geschafft, fertig zu werden", rief sie hinterher. Mit einem zufriedenen Lächeln überflog sie den Tisch. Alles perfekt vorbereitet. Als er das Bad verließ, goss sie Kaffee in die Tassen und setzte die Eier in die Becher. Sam konnte den Tag gemächlich beginnen.

Der Abschiedskuss mit der Bitte: „Pass gut auf dich auf!", ließ sie innerlich jubel.

„Du auch, mein Schatz!" Wari schaute dem davonfahrenden Auto nach, bis es hinter ein paar Bäumen verschwand.

„Vergiss niemals, den Haustürschlüssel mitzunehmen", hatte Sam gemahnt. Sie steckte ihn vorsichtshalber in das kleine Täschchen, welches er vor zwei Tagen an einer Armlehne des Rollstuhls befestigt hatte. Das war in vielerlei Hinsicht hilfreich.

„Ach, schaut an! Der Urlauber ist wieder da!", rief Klaas schon auf dem Parkplatz des Instituts. „Siehst fantastisch erholt aus."

„Bin ich auch", bestätigte Sam mit tiefer Zufriedenheit in der Stimme. „Ich hab noch nie so entspannte Tage zu zweit erlebt."

„Eure Schiffswrackentdeckung hat wie eine Bombe eingeschlagen", erzählte Jens „Auf deinem Schreibtisch stapeln sich die Korrespondenzanfragen."

Sam verdrehte lustig die Augen. „Okay. Packen wir es an! Wenn es mir zu viel wird, weine ich mich bei Wari aus."

„Heh, heh, heh, dein Schatz scheint dich ja wie einen Adler zu beflügeln!", staunte Pit.

„Tut sie, mein Lieber. Tut sie." Sam verstaute seinen Rucksack im Schrank. Ehe er nach etwas Dienstlichem fassen konnte, kam die Führungsriege des Institutes, um persönlich zum Fund zu gratulieren und ihm schriftlich in die Hand zu drücken, was als Finderlohn angesetzt worden war.

„Wenn du so weitermachst, sind wir arm", lachte der große Boss.

Sam grinste sich eins. Sein erster Gedanke, bei der Riesensumme war: Dafür kaufe ich Wari den schönsten Brillantschmuck, den ich erwischen kann. Als alle herzlich zu lachen begannen, begriff er, dass sein Gedanke überdeutlich in seinem Gesicht gestanden haben musste, und grinste schelmisch. „Ihr wisst aber schon, dass meine nächsten Forschungen dann Richtung Rom gehen werden?", merkte er an.

„Ähh", der Leiter des Instituts machte die Fingerbewegung für Geriebenes.

Sam grinste breiter. „Ich kann ja wieder in meiner Freizeit recherchieren."

„Untersteh dich! Das wird ja noch teurer, weil du garantiert wieder Sensationsfunde vermelden wirst!"

„Das, meine Lieben, ist dann euer Problem", erwiderte er schallend lachend, wobei er sich genüsslich die Hände rieb. „Ihr wisst ja, dass uns auch ein Rollstuhl nicht stoppen kann."

„Was habe ich erwartet?", jammerte Projektleiter Pit theatralisch, Sam mit einem Blinzeln auf die Schulter klopfend.

In der Mittagspause juckte es Sam in den Fingern, Wari anzurufen, ob es ihr gut gehe. Nur hatte er ihr fest versprochen, es nicht ohne handfesten Grund zu tun, und so ließ er das Handy stecken. Dafür arbeitete er bis zum Feierabend besonders straff, um pünktlich das Büro verlassen zu können. Auf Grund seiner behinderten Partnerin erwartete keiner ernsthaft, er werde weiterhin open end auf der Matte stehen. Er flog auch geradezu dem Auto entgegen, um damit blitzartig zu verschwinden. Unterwegs achtete er allerdings sehr darauf, die Geschwindigkeitsbegrenzungen einzuhalten, um Wari keinen Kummer zu bereiten. Er hätte die ganze Welt umarmen mögen, als sie ihm zum Gartentor entgegenkam. Fest drückte er sie an sich. „Du hast mir so sehr gefehlt."

„Ich konnte es fühlen", flüsterte sie, sich glücklich an ihn schmiegend.

Er brachte das Auto in die Garage und folgte ihr ins Haus. „So, wie du strahlst, hast du gute Nachrichten", stellte Wari erfreut fest.

„Oh ja, sehr gute!", erwiderte Sam, die Zuteilung seines Finderlohns aus der Tasche ziehend.

Wari schüttelte fassungslos den Kopf. „Das sind Zahlen, mit denen ich noch gar nicht rechnen kann!"

„Ich werde alles daran setzen, dir davon Träume zu erfüllen", versprach Sam.

Wari nickte begeistert. „Ich freue mich darauf." Dann berichtete sie, womit sie sich die Zeit vertrieben hatte: „Ich habe gelesen, Schreiben und Rechnen geübt, Musik gehört und viel geschlafen. Im Kühlschrank fehlen nun ein

Bockwürstchen, ein Apfel und eine Banane", zählte sie auf. „An den Herd habe ich mich nicht getraut, aus Angst, mich zu verbrennen."

„Wir lassen uns eine leckere Pizza bringen", legte Sam fest, sofort telefonisch die Bestellung aufgebend. „Ich habe es geahnt und heute auch nichts Warmes gegessen. Am besten planen wir gleich immer auf warmes Abendbrot."

„Bin dafür!", jubelte Wari. „Wenn ich irgendwann alles richtig gelernt habe, koche ich uns was Leckeres. Versprochen."

Sie schaute auch wieder ganz genau zu, als Sam in der Küche werkelte, schnitt Gemüse und seufzte schließlich, weil sie vom Rollstuhl aus, keine Chance hatte, an die hohen Herdplatten zu kommen. Da kam Sam eine Blitzidee, welche ihr nicht entging.

„Willst du nicht lieber gleich reden?", fragte sie schmunzelnd, weil er die Gedanken nur mühsam unterdrücken konnte.

„Ist wohl besser", grinste er. Er hatte sich beim Grübeln soeben die Lippe mit der heißen Suppe verbrüht.

Wari kicherte. Sie hatte ihn noch nie so von der Rolle erlebt. Die Idee musste also grandios sein.

„Ich werde dir von dem Finderlohn, den ich bekommen habe, einen Rollstuhl mit Hubsystem kaufen. Gleich, sofort und auf der Stelle. Es ist dein entdecktes Schiff gewesen, es waren deine eingesammelten Münzen. Da ist es nur fair, wenn du etwas richtig Grandioses bekommst, das zudem für uns beide sehr hilfreich sein wird. Wir suchen nach dem Essen zusammen im Internet einen Händler und bestellen sofort, wenn wir das Richtige entdeckt haben. Nicht gut?", fragte er irritiert, weil Wari gar nichts sagte.

„Sehr gut! Mir fehlen nur die Worte, meine Gefühle zu beschreiben", flüsterte Wari. „Hubsystem heißt bestimmt, dass ich dann auch an die Hängeschränke und an die obere Etage im Kühlschrank heranreiche."

„Genau so stelle ich mir das vor!", bestätigte Sam im Brustton der Überzeugung. „An die Regale im Supermarkt, an den Tresen des Fischbrötchenmannes und an viele Dinge mehr, an die du heute noch gar nicht zu denken wagst."

Wari legte seine Hände an ihre Wange. „Ich liebe dich", flüsterte sie mit erstickter Stimme.

Sie kuschelten sich zusammen auf das Sofa, Sam nahm den Laptop auf den Schoß und es dauerte nicht mal eine halbe Stunde, dann hatten sie einen kleinen, wendigen, trotzdem stabilen Rollstuhl mit großer Hubhöhe gefunden. Sam gab die relevanten Daten in eine Maske ein und hielt fünf Minuten später das Angebot für die komplette Konfiguration in den Händen. Die Lieferzeit von rund acht Wochen konnte man unter den Teppich kehren. Besser spät als nie.

„Na siehst du, es bleibt sogar noch Geld übrig, für das wir nach passenden Brillantohrringen schauen können", freute sich Sam.

„Verrückter Kerl", seufzte Wari. „Ich hatte mich eigentlich darauf gefreut, dass du dir etwas Gutes tun kannst."

„Mach ich doch!", strahlte er sie an. „Mir tut es gut, wenn du die allerbesten Bedingungen hast, die man überhaupt mit meinen begrenzten Mitteln einrichten kann."

Wari fühlte, dass dies sein allertiefster Wunsch und Wille war, so schmiegte sich fest an und seufzte noch einmal. Sie werde ebenfalls alles für ihn tun, was irgendwie in ihren Mächten stand.

„Nixenkräfte sind was Feines", blinzelte Sam, am nächsten Tag aus dem Institut kommend.

„Was meinst du?", fragte Wari mit großen Augen.

Sam grinste vergnügt. „Ich bekam heute einen Anruf, dass dein Rollstuhl schon verschickt ist."

Wari grinste zurück. „Echt fantastisch, dass ich mal selber miterleben kann, was unsere guten Wünsche bewirken. Haben ja wirklich alle plötzlich nur noch Positives zu berichten."

Der Beweis kam postwendend, denn Fiete rief an: „Umzugs- und Scheidungstermin stehen fest. Mal sehen, ob mein Anwalt das Trennungsjahr umgehen kann."

Wari zupfte sich an der Nasenspitze. „Fiete, das wird vermutlich geschehen. Sei so gut, zu Hause nichts zu essen, was du nicht ganz frisch am selben Tag eingekauft hast."

Sam erbleichte, Fiete ließ das Smartphone fallen. „Danke für die Warnung", flüsterte er mit zitternder Stimme, als er es wieder in der Hand hielt. „Sollte ich was zur Analyse geben?"

„Am Ende der Woche", antwortete Wari. „Pass bis dahin gut auf dich auf."

Fiete atmete tief durch. „Ich werde es versuchen."

Sam schaute Wari mit tellergroßen Augen an. „Woher weißt du das alles?"

„Nixenkräfte", sagte sie kurz. „Thea ist vor zwei Tagen hier am Haus vorbei gegangen, als ich im Garten war. Ich konnte in ihren Gedanken wie in einem offenen Buch lesen. Am liebsten würde sie uns auch vergiften, was glücklicherweise nicht so einfach ist." Wari zeigte in die Richtung, wo die Überwachungskamera über der Haustür installiert war. „Ach, ich habe keinen Bock darauf, mir die Laune von dieser dämlichen Ziege vermiesen zu lassen."

Sam begann schallend zu lachen. „Wo hast du denn den Spruch her?!"

„Aus einem dieser erfundenen Kinderfilme, wo keine richtigen Menschen mitspielen", kicherte Wari.

„Alles klar!", feixte Sam. „Ja, Trickfilme haben es manchmal in sich. Aber jetzt fahren wir erst mal raus aufs Meer, damit du schwimmen kannst. Das Wetter ist noch ganz passabel."

„Wirst du tauchen?"

„Nein, ich nehme nur die Angel mit."

„Okay, dann heute also Fisch zum Abendbrot", blinzelte Wari.

„Falls ich etwas fange!"

Wari wollte es nicht ganz dem Zufall überlassen. So zog sie mit einem kleinen Netz los, um einzusacken, was sich greifen ließ. Zwei Flundern waren nicht schnell genug. „Hmmmmm, gebratener Fisch. Lecker mit Salzkartoffeln und Mischgemüse", schwärmte sie.

„Sollst du haben, mein Schatz", versprach Sam. Die Zutaten gab die Speisekammer auf jeden Fall her.

„Und morgen bitte Bandnudeln mit Steinpilz-Sahne-Soße", regte Wari mit selig verdrehten Augen an.

„Krieg ich hin", lachte Sam. Bis auf die Sache mit den Zitrusfrüchten teilte Wari seine kulinarischen Leidenschaften, da war es einfach, das richtige Essen auf den Tisch zu bringen. So hatte er auch nie das Falsche in seinem Frühstückspaket für den Job.

Kuchen und Gebäck für das Kaffeekränzchen mit Mr. Wood kaufte Sam lieber beim Bäcker ein, als selbst Hand anzulegen. Beide freuten sich sehr auf den erlesenen Besuch.

Die Parzen spinnen ihre Fäden

Wari spülte noch einmal ausgiebig ihre Kiemen, ehe sie in eine königsblaue Seidenbluse schlüpfte und sich von Sam frisieren ließ. Der hatte in den letzten Tagen gefühlte tausend Ratgeberfilmchen angeschaut und zauberte eine mondäne Hochsteckfrisur, mit der Wari jede high Society-Lady ausgestochen hätte. Die Fingernägel bekamen noch rasch einen opaken hautfarbenen Lack, um zu verbergen, dass Waris Nägel keine Halbmonde aufwiesen, und weil man mit dezenter Farbe in gehobener Gesellschaft am meisten Punkten konnte.

„Perfekt", waren sie sich einig, worauf Sam einen zärtlichen Kuss für so viel Mühe bekam.

„Du siehst absolut umwerfend aus", begeisterte sich Sam.

„Dankeschön! Wenn ich könnte, würde ich glatt rot werden", lächelte Wari. „Ich fühle mich, als wäre ich eine der hübschen Damen in den herrlichen langen Kleidern, damals auf den hölzernen Schiffen." Sie berührte mit den Fingerspitzen den Brillanten an ihrer Kette.

Sam wurde ganz wohlig ums Herz. Sie wäre als Mensch die Königin auf jedem Ball gewesen. In dem Moment klingelte auch schon Mr. Wood an der Tür. Sam ging öffnen. Er hieß Wood herzlich willkommen, der einen scheinbar gigantischen Blumenstrauß ins Zimmer jonglierte.

Er begrüßte warmherzig Wari, packte vorsichtig aus und überreichte ihr eine herrliche Orchidee mit filigranen, gefiederten Blüten. „Einen Blumenstrauß kann jeder haben, nicht aber diese Seltenheit im Topf", blinzelte er.

„Sie ist wundervoll!", staunte Wari. „Vielen, vielen Dank!"

„Oh ja, das ist sie!", bestätigte Sam überrascht, der ahnte, welche Mühe es gemacht haben musste, diese Rarität in so kurzer Zeit aufzutreiben. „Ich stelle sie hier auf das kleine Tischchen am Fenster, damit sie viel Licht bekommt." Zugleich nahm er Wood das Papier ab, der sich neben Wari in einen der gemütlichen Sessel setzte. Wood wählte ein alkoholfreies Getränk, während Sam Torte, Kuchen und Kaffee kredenzte.

Und schon steckten sie mitten in der Diskussion über Sams neueste Entdeckungen. Sam nahm schließlich Waris Hand. „Sie hat dieses unglaublichen Schätze entdeckt. Nur möchte sie aus vielerlei Gründen in Ruhe gelassen werden, und so ist es gekommen, dass man mir den Fund zuordnet."

Wood schaute Wari überrascht an.

„Ich möchte einfach nicht, dass wegen meines Erscheinungsbildes durgehechelt wird, was an mir anders ist, als an anderen Frauen" erklärte Wari unumwunden. „Ich will keine Paparazzi an mir kleben haben, wenn ich schwimmen und tauchen gehe, die davon auch noch Bilder machen. Es ist vollkommen ausreichend, dass Sam weiß, wie es unter meinem Schlupfsack aussieht."

„Das tut mir so unendlich leid", sagte Wood deprimiert.

Wari lächelte. „Braucht es nicht. Mit einer Monoflosse nehme ich es mit jedem Delfin auf."

„Sie müssen aber sicher auf unglaublich viel verzichten", stellte Wood in den Raum.

Sam nickte. „Das ist leider wahr, obwohl wir versuchen, für alles eine Lösung zu finden." Er erzählte vom bestellten Rollstuhl, um Wari das Leben wieder ein bisschen zu erleichtern.

Von dessen Technik kamen sie auf das passende Auto zum Transport und schließlich zu Schiffsmaschinen, Radar- und Funkortung. Um ganz am Ende bei Waris großer Hoffnung zu landen, Rom besuchen zu können und auch dort Sams Forschungen zu unterstützen.

Sam erzählte von den Widrigkeiten, mit denen sie in der Meeresarchäologie stets zu kämpfen hatten. Mal fehlte das nötige Geld, dann streikte die Ausrüstung, um schließlich vom Wetter ausgeknockt zu werden. „Na ja, und wenn es richtig dick kommt, verschwinden die vielen grandiosen Funde in einem Depot, weil Zeit oder Restauratoren fehlen, sie ausstellungswürdig aufzubereiten", seufzte er. „Schade, wenn man oft viele hundert Stunden die Schätze analysiert, Epochen oder Volksgruppen zugeordnet, Zusammenhänge gesucht und auch gefunden hat."

Wood nickte mit zusammengezogenen Augenbrauen. „Was steht denn auf ihrem persönlichen Forschungsplan, das Sie mit unüberwindlichen Hürden blockiert?"

Sam überlegte nicht lange. „Ich hoffe, irgendwann die küstennahe Route runter Richtung England nach Wracks abzusuchen. Vielleicht sogar noch weiter, um Wari mit einer Seereise den Traum von Rom erfüllen zu können."

„Klingt spannend. Ich bin die Route schon zig Mal gefahren, ohne mir Gedanken darüber zu machen, was an antiken Wracks unter mir schlummern könnte", erzählte Wood. „Ich glaube aber, ab heute wird mir das auch keine Ruhe mehr lassen. Spannend, wirklich spannend. Tut mir aufrichtig leid, dass ich Ihre Einladung zum Abendbrot nicht annehmen kann. Sie wissen ja, was alles vonnöten ist, wenn man auf große Fahrt in See stechen will. Ich denke, wir werden uns wiedersehen. Ich glaube fest daran, dass sich Ihr Traum erfüllen wird", sagte Wood beim Abschied zuversichtlich.

„Gute Reise", wünschten Wari und Sam.

„Er denket über eine Spende ans Institut nach, mit der Forderung, das Geld ausschließlich für deine Forschungen einzusetzen", verriet Wari, als sich die Tür geschlossen hatte.

„Ach, du lieber Himmel!", staunte Sam, die Augen aufreißend. „Das wäre der Hammer!"

Ende der nächsten Woche traf der Rollstuhl ein. Wari ließ die Einwegpalette direkt in die Garage bringen, quittierte die Lieferung und schickte Sam eine Textnachricht über den Erhalt. Sie war glücklich, wie selbstverständlich Sam sie in sein Leben einband. Sie hatte einen eigenen Laptop bekommen, in dem Sam einige Kindersperren eingerichtet hatte, damit sie keine bösen Überraschungen erlebten. So konnte sie mit ihm, Fiete und Hilde kommunizieren, schreiben, lesen, Musik hören oder Hörbüchern lauschen. Dann entdeckte sie ihr Herz für die Grafikprogramme und Sam kaufte ihr die nötigen elektronischen Stifte, um perfekt arbeiten zu können.

Jetzt, wo sie auch im Internet nach Rezepten suchen konnte, überraschte sie ihn mit fantasievollem Abendbrot. Heute musste er grinsen, als er nach Hause kam. Auf der Türschwelle empfing ihn ein kunstvoll geschnitztes Kürbisgesicht, das von innen leuchtete. Wari hatte kurzerhand eine kleine Lichterkette mit Batterie hineingesteckt.

„Bei der Größe, welche die anderen Früchte an der Ranke hatten, war ich mir ganz sicher, keinen Zierkürbis erwischt zu haben", verriet Wari voller Stolz. Denn das, was unter der Schale gesteckt hatte, gab es als köstliche Kürbissuppe zum Abendbrot. „Wenn wir das nächste Mal einkaufen gehen, möchte ich bitte so eine Knetmasse haben, die an der Luft trocknet", bat Wari. „Es hat Spaß gemacht, ein richtiges Gesicht zu schnitzen, statt nur Löcher und Schnitte."

Sam schaute sie nachdenklich an. „Wir könnten sogar einen kleinen Hobbyraum mit motorgetriebener Töpferscheibe und Mini-Brennofen im Wintergarten schaffen."

„So weit denkst du schon?!", stammelte Wari überrascht.

„Warum nicht? Du könntest, was du nicht behalten willst, im Internet anbieten. Oder wir fahren auf Flohmärkte in der Umgebung."

„Wow!" Wari blieben die Worte weg. Sams Ideen waren großartig. „Gibt es da keinen Ärger, weil ich doch kein registrierter Mensch bin?", fragte sie vorsichtig.

Sam atmete sehr tief ein. „Auch dafür werden wir irgendwann irgendeine Lösung finden." Er drückte Wari fest an sich.

Sie schmiegte sich an, streichelte mit einer Hand Sams Wange, mit der anderen sanft ihren Rollstuhl. „Ja, ich glaube fest daran."

Als die heimischen Touristenströme langsam abebbten, schlug Wari Sam vor, ihr ein kleines Boot mit Rudern und einfachem Außenborder zu besorgen, damit sie auch tagsüber allein ins Meer könne.

„Zu unsicher, weil du es ja nicht zum Wasser ziehen kannst", schüttelte er den Kopf.

Wari gab ihm schließlich recht. „Du hast schon genug anderen Stress." Ihr Blick streifte das Fenster, vor dem sich dunkle Wolken ballten.

„Ich kann dich ja verstehen, aber du könntest entdeckt werden", erwiderte Sam besorgt. „Machen wir uns lieber einen gemütlichen Abend." Er eilte zur Speisekammer, um Getränke zu holen.

Da platzte Fiete buchstäblich ins Haus. Statt sich, wie sonst, telefonisch anzumelden, stand er plötzlich vor der Tür.

„Komm rein", bat Wari. „Sam wird auch gleich hier sein. Was ist passiert?"

„Mr. Woods Jacht liegt wegen der Stürme fest ..."

„Technische Probleme?", fragte es hinter ihnen.

„Sam! Du kommst gerade richtig!", riefen Wari und Fiete zugleich. Fiete half beim Verstauen der Flaschen, Wari deckte fürs Abendbrot ein.

„So, nun erzähle!"

„Also: Mr. Wood will einfach das grottige Wetter aussitzen. Damit es auf dem Kahn nicht zu langweilig wird, macht er Touren mit einem

Leihwagen, besucht Museen und Ausstellungen. Dabei ist er natürlich auf deine spektakulärsten Funden der letzten Monate gestoßen. Klar hat er sofort recherchiert und halt auch mich befragt, weil ich dich als Einheimischer doch kennen müsse. Ich habe kundgetan, dass wir als Freunde in festem Kontakt stehen. Da hat er mir verraten, dass er schon mal bei euch zu Besuch war. Er würde gern wiederkommen ..."

Wari hob achtungsgebietend den Zeigefinger. „Ihn wird man nicht maßlos kontrollieren."

Sam begann zu lachen. „Alles klar. Fiete, lade ihn ganz einfach morgen zum gemütlichen Kaffeetrinken zu uns ein."

„Aber gern doch!"

„Für Hilde ist auch ein Plätzchen am Tisch frei", blinzelte Wari.

„Ihr habt doch irgendwas Größeres vor!", überlegte Fiete laut, ohne auf den Grund zu kommen.

Wari und Sam grinsten vergnügt. „Na, wo du recht hast ..."

„Und sonst so?", fragte Sam.

Fiete nahm Waris Hand. „Vermutlich geht es mir nur dank ihrer Warnung gut. Man hat diverse giftige Substanzen im Kaffeepulver, auf der Butter, im Mehl und im Müsli gefunden. Mein Anwalt hat sich gleich um alles gekümmert. Thea sitzt in U-Haft."

„Und warum hat das so lange gedauert?", murmelte Sam verständnislos.

„Ist wohl meine eigene Schuld", seufzte Fiete. „Ich hatte Angst, als Spinner dazustehen und die die Express-Bearbeitung war mir schlicht zu teuer. Jetzt weiß ich es besser. Ich hätte es über meinen Anwalt veranlassen sollen."

„Und ich dachte schon, ich hätte mich geirrt", murmelte Wari. „Menschen denken ja manchmal komische Sachen, die sie gar nicht so meinen."

„Oh, da hast du recht!", lachte Fiete. „Wie der Gedanke: Ich nehme gleich die Axt! Dabei hat kaum einer so ein Ding."

Sam zeigte grinsend auf Wari, dann an seine Schläfe. Er hatte soeben kapiert, warum sie ihn des Langen und Breiten über just dieses Werkzeug ausgequetscht hatte.

Sie hob lustig die Schultern. „Das denkt so jeder Dritte. Da wollte ich es eben genau wissen. Dass im Internet mitunter völligen Unfug verbreitet wird, habe ich inzwischen auch schon herausgefunden. Es ist gut, dass Sam einige Seiten und Kanäle erst mal blockiert hat."

„Na so was aber!", kicherte Fiete. „Ich kenne Leute, die seit vielen Jahren kein Fernsehen mehr schauen."

„Ich kann sie verstehen", winkte Wari ab. „Wie ruhig war es doch unten im Meer."

Sam zuckte zusammen.

„Keine Sorge", beruhigte ihn Wari, „es ist nur die ausgesprochene Wahrheit. Ich werde dich niemals im Stich lassen."

Sam drückte sie fest an sich.

Fiete wanderte direkt vom Häuschen der beiden zum Jachthafen, um die Einladung persönlich auszusprechen. Wood freute sich von ganzem Herzen. „Es stört mich keineswegs, wenn Sie und Ihre Begleiterin mit dabei sind!", rief er und scheuchte gleich einen seiner Männer los, um ein kleines Mitbringsel für seine Gastgeber zu besorgen. Fiete trollte sich vergnügt grinsend.

Ob es der Zufall oder Waris Nixenkräfte so gewollt hatten, hätte Sam nicht wetten wollen, als alle drei gemeinsam zum Kaffeepläuschchen vor der Tür standen.

„Wir haben uns direkt an der Kreuzung getroffen", lachte Wood, Wari wieder eine seltene Orchidee und Sam einen megateuren Champagner überreichend.

„Oh, ist das alles schön!", strahlte Wari und jedem war klar, dass sie das Treffen und die Gaben meinte.

„Und diesmal habe ich meinen Leuten verboten, mir per Handy auf die Nerven zu gehen", schmunzelte Wood. „Nicht mal dann, wenn die Jacht plötzlich Schlagseite bekommt."

„Na, dann sollte es doch auch noch ein lustiger Abend werden", prophezeite Sam.

„Ich bin dafür", lachte Wood, sich mit einem vergnügten Lächeln neben Wari setzend.

„Sie haben Schmerzen", murmelte die Nixe im nächsten Augenblick.

Alle vier schauten sie überrascht an und Mr. Wood wiegelte nach dem ersten Schreck ab: „Ach, sicher nur ein gezerrter Muskel. In ein paar Tagen wird es bestimmt besser sein."

Wari wiegte leicht den Kopf. „Ich glaube weder das Eine noch das Andere. Stillhalten!" Sie fasste nach seinem Arm.

Woods Augen wurden mit jedem Wimpernschlag größer. Er fühlte einen deutlichen Wärmestrom aus Waris Fingern durch seine Muskeln ziehen, sich an der schmerzenden Stelle im

Bizeps sammeln und da regelrecht pulsieren. Ein zweiter Energiestrom zog zu seiner Lendenwirbelsäule weiter.

Wenige Sekunden später ließ ihn Wari los. „Fast wie neu, möchte ich behaupten."

„Oh, mein Gott! Wie haben Sie denn das gemacht?! Danke! Danke! Danke!", jubelte er zutiefst beeindruckt, weil nicht das winzigste Ziepen zu spüren war und sich auch nichts mehr ertasten ließ, das nicht in seinen Arm gehörte.

Wari lächelte breit. „Schon mal was von Handauflegen und Wunderheilungen gelesen?"

Über sein völlig verblüfftes Mienenspiel brachen die anderen in schallendes Lachen aus.

Wood drohte ihnen, nun ebenfalls lachend, mit dem Zeigefinger. „Das wird Folgen haben, meine Lieben! Wie wäre es mit einem Törn nach Rom?"

Sam musste die Kaffeekanne absetzen, um die Frage zu verdauen. „Was?!", stammelte er perplex.

„Ja, mein Lieber, Sie haben richtig gehört. Ich habe schon lange beschlossen, Ihre Arbeit finanziell zu unterstützen. Seit wenigen Augenblicken weiß ich, dass es sinnvoller ist, das direkt zu tun, als das Geld ans Institut zu spenden. Ich glaube nämlich, dass Sie beide", er zeigte auf ihn und Wari, „allein unkonventioneller agieren können. In Miss Wari steckt offenbar sehr viel mehr, als das Auge sieht." Er strich sacht über seinen wundersam geheilten Arm. Denn er mochte nichts anderes glauben. „Für Mr. Fiete und Mrs. Hilde sind ebenfalls zwei Kajüten frei, falls sie eine so lange Anreise nach Rom in Kauf nehmen möchten."

„Wirklich?", hauchte Hilde und faltete die Hände.

„Versprochen!" Wood nahm dankend das Stück Torte entgegen, das ihm Sam auf den Teller schob. „Ich glaube nämlich nicht an Zufälle", verriet er. „Seit Miss Wari bei unserem allerersten Zusammentreffen den Möwenschrei von sich gegeben hat, widerfährt mir seltsam viel Gutes. Dazu gehört, dass mein Schiffchen plötzlich nicht mehr von den Seevögeln als Toilette benutzt wird. Und das, was ich soeben erlebt habe ... wenn ich da noch an Zufall glaubte, wäre ich wohl sehr naiv."

Wari blinzelte verschwörerisch. Zumal sie in Woods Gedanken las: *„Sie hat Kräfte, die man glatt einer Meerjungfrau oder guten Fee zuschreiben würde. Ihren Wunsch, Rom zu sehen, zu erfüllen, ist das Min-*

deste für das Gute, das sie mir heute angedeihen ließ. Sie hat mir sicher das Leben gerettet.“

Natürlich drehte sich wenige Augenblicke später wieder alles um Sams Arbeit, die Wood zutiefst faszinierte. „Wissen Sie, dass ich manchmal davon träume, eine Spur von Atlantis zu entdecken“, gab Wood schließlich zu.

„Ich bin schon froh, dass ich weiß, wo Thule gelegen hat“, ging es Wari durch den Kopf. Das Thema Atlantis mied sie tunlichst. Sie hatte sich so beinahe alles zu Gemüte geführt, was Sam dazu gesammelt hatte. Eins wusste sie ganz sicher, dies waren keine Wesen, die dem Meer entstiegen waren. Sie hätte es erfahren. Irgendwie. Durch das kollektive Gedächtnis der Wale. Die wussten keine Geschichten davon zu erzählen. Nur über unzählige Naturkatastrophen, welche viele Inselstaaten und Küsten-Anrheiner ausgelöscht hatten. Denn davon gab es Spuren im Meer, wie Statuen und versunkene Bauwerke, von denen die Wale berichteten.

„Was sagen Sie zum Thema Atlantis?“, wandte sich Wood in dem Augenblick an Wari.

„Nichts. Ich halte es für Zeitverschwendung“, kam es wie aus der Pistole geschossen. „Ich suche lieber nach sichtbaren Spuren von anderen untergegangenen Reichen."

„Oh ..." Wood maß Wari mit einem erschreckten Blick.

Hilde und Sam reagierten eher nachdenklich, zumal sie ja wussten, wer sich hinter der jungen Frau im Rollstuhl verbarg.

Sam hob die Schultern. „Ich habe mir angewöhnt, Waris Gespür zu folgen. Tut sie eine Sache als unnütz ab, unterlasse ich alles, was damit zusammenhängt."

„Oha ..." Woods Augen wurden tellergroß.

„Sollte irgendeiner, irgendwelche greifbare Strukturen entdecken, wie man es heute nennt, bin ich gern bereit, meine Meinung zu revidieren", gab Wari charmant lächelnd bekannt. „Ach, eine Bitte hätte ich, weil es gerade um Strukturen geht, verraten Sie den Weißkitteln nicht, auf welche Weise das Ding in Ihrem Arm verschwunden ist."

„Ich schwöre es!", sagte Wood feierlich.

Nicht nur Fiete riss die Augen auf und Wood gab zu: „Mir war in den letzten Wochen von mehreren Ärzten bescheinigt worden, einen bösartigen Tumor im Muskelgewebe zu haben, der sofort operiert werden müsse, wobei der Ausgang fraglich sei. Das Minimum wäre die Amputation meines Arms gewesen, weshalb ich gezögert habe. Jetzt ist der Knoten im Gewebe plötzlich weg, durch Miss Waris offensichtlich magische Hände. Rom soll der Dank für meine unverhoffte Lebensrettung sein. Anderenfalls hätte das Institut nach meinem Ableben die geplante Spende erhalten." Er schenkte Wari ein warmherziges Lächeln. „Ich bin glücklich. Das trifft den Nagel mitten auf den Kopf."

Wari blinzelte. „Und nicht vergessen: Am besten gleich zu mir kommen, wenn's wieder mal wo schmerzt. Nur bei Zähnen kann ich keine Wunder bewirken, die haben ein reges Eigenleben."

„Ich werde es mir hinter die Ohren schreiben", versprach Wood schmunzelnd.

Sam schaute nach einem Blick auf die Uhr in die Runde. „Scholle bestellen oder essen gehen?"

„Wohin?", fragte Wood.

„Ins Fischrestaurant gleich um die Ecke. Da gibt es leckere Kutterscholle", lächelte Wari.

„Okay, dann gehen wir", legte Wood fest.

175

Sam rief Karl an, um einen Tisch zu reservieren. Er verriet auch, wer mit von der Partie sein werde. Karl wurde regelrecht hibbelig. Denn solch einen erlesenen Gast hatte er noch nicht bewirtet. Er war schon immer ein wenig neidisch gewesen, dass der schwerreiche Seefahrer nur beim Fischbrötchenmann Stammkunde war, woraus dieser natürlich keinen Hehl machte.

Wood ließ es sich nicht nehmen, Wari zur Gaststätte zu schieben. Karl eilte persönlich herbei, um die Tür zu öffnen. Er hatte den Tisch mit bestem Blick auf die vielen Raritäten an Wänden und Tresen vorbereitet. Mit strahlendem Lächeln bat er alle herein, Sam dankbar auf die Schulter klopfend.

„Das nenne ich urig", staunte Wood über die behagliche Atmosphäre. „Kaum zu glauben, dass ich noch nicht hier gewesen bin."

Weil Wari so von der Kutterscholle schwärmte, bestellte er auch eine und musste zugeben, dass diese deliziös war. Karl fühlte sich bei dem Lob, als wären alle Feiertage auf einmal.

„Das wird er noch seinen Enkeln erzählen", witzelte Fiete, worauf der Wirt heftig nickte.

Da kam der Fischbrötchenmann zur Tür herein, um ein Feierabendbier zu trinken. Er

176

begrüßte die fröhliche Runde natürlich sofort und fragte Karl mit breitem Grinsen: „Wirbst du mir die Kunden ab?"

Das einsetzende Lachen hörte man sicher noch am Strand. „Kommen Sie ruhig mit zu uns, wir haben ein Stühlchen frei", bot Sam nach kurzer Rücksprache mit den anderen an, was der Herr über Fischbrötchen & Co. dankend annahm. Da er natürlich, wenn auch ohne Namen zu nennen, ein paar Schwänke aus seiner täglichen Praxis erzählte, kam das ganze Dilemma um Thea heraus, das Fiete nie öffentlich an die große Glocke gehängt hatte. Wood konnte sich bestens an das Zusammentreffen am Verkaufswagen erinnern.

„Sie haben auch nicht gerade wenig erlebt", wandte er sich an Fiete, der bestätigend nickte.

Sam verriet schließlich, auf welche Weise Wari zu ihrem hilfreichen Rollstuhl gekommen war, worauf sich Wood noch mehr freute, ihr und Fiete mit der Reise auch einen ganz großen Wunsch erfüllen zu können. Sam bestellte ein Taxi, das Mr. Wood am sehr späten Abend sicher zum Hafen brachte.

Auf Reisen

Im Laufe der nächsten Tage bereitete Sam das Institut darauf vor, eine mehrwöchige Forschungsreise zu planen, welche Mr. Wood finanzieren werde.

„Meine Güte! Bist du ein Glückspilz!", staunte Klaas „Wie ist es euch gelungen, Tenner Wood einzuspannen?"

„Er konnte Waris Charme nicht widerstehen", erwiderte Sam breit lächelnd.

„Wundert mich nicht", murmelte Jens „Da würde wohl jeder butterweich werden."

Sam kicherte in sich hinein.

Aus Furcht, Sam könne potenzielle neue Entdeckungen und Forschungsergebnisse an andere Einrichtungen geben, nickten die Führungsriege den Alleingang ab. Zumal die Hauptlast aller Kosten der edle Spender übernehmen werde, inklusive der Unterbringung und Beköstigung.

„Ihr müsst mich nur im Zeitraum XY für andere Projekte freistellen", hatte Sam vorgeschlagen. „Meinen sechswöchigen Urlaub rechne ich in diese Zeit ein."

Noch weniger Grund von Seiten der Chefetage, sich gegen den Plan zu stellen.

„Wir werden Mitte April in See stechen, um bei schönstem Forschungswetter vor Rom anzukommen", hatte Wood festgelegt und alle richteten sich auf diese Daten ein. Die meisten Männer seiner Crew schickte er per Flugzeug nach Hause und mietete sich in einem Hotel ein. Zwei Techniker behielt er als Wächter da, die er im April gegen zwei Neuankömmlinge austauschen werde. Fiete fungierte als Springer auf Abruf.

Bis zur Abreise kniete sich Sam natürlich auch in die laufenden Arbeiten am Institut, wie man es eben von ihm gewohnt war. Wari schwamm abends noch manchmal zum Wrack, um einige Aktionen vorzubereiten, indem sie Gegenstände aus dem Schlick zog und nur für Sam sichtbar zusammenstellte. Dabei kartierte sie mit wasserfestem Stift auf Folien die tatsächlichen Fundorte. Sam lachte sich ins Fäustchen, weil die Kollegen völlig von der Rolle waren.

„Hast du einen Biosensor an den Händen, der auf Schätze reagiert?", entsetzte sich Klaas.

„Kann man so sagen", platzte Sam lachend heraus. „Riechen kann ich sie ja unter Wasser nicht."

Mr. Wood ließ inzwischen an jenen beiden Niedergängen, die Wari auf seinem Schiff überwinden musste, Treppenlifte anbauen. Das war sicherer, als wenn Sam seine Liebste auf den Armen hinauf und hinunter trug. Der konnte sich mit dem Transport des Rollstuhls befassen.

„Vielleicht brauche ich das ja auch mal", grinste er seinen Ersten Offizier an, der fragte, ob das ein Dauerzustand sein werde, weil sein Boss jede Schraube drei Mal auf Sicherheit kontrollierte.

„Sie sind seit dem Besuch bei Herrn Röwer und Frau Bach wie ausgewechselt", stellte der Offizier mit prüfendem Blick fest.

„Richtig! Ich weiß jetzt, dass ich nicht so schnell sterben werde und auch nicht operiert werden muss. Mann muss nur die richtigen Leute kennenlernen, deren Forschungen wirklich was taugen. Deshalb möchte ich, dass Miss Wari das Maximum an Komfort bekommt. Wenn sie keinen Weg gefunden hat, sich selber vom Rollstuhl zu befreien, dann ist das Problem wirklich eins. Alles klar?"

„Ich denke schon."

Sam und Wari hatten indes jegliche Eventualitäten einer möglichen Enttarnung durchgespielt und ein gutes Gefühl. Tenner Wood würde Himmel und Hölle in Bewegung setzen, um das Geheimnis zu wahren. „Lassen wir es einfach laufen", sagten beide zeitgleich und zuckten mit den Schultern.

Dass Wari übernervös war, merkte Sam daran, dass sie alle Informationen über die fremden Meere und das Getier, das dort lebte, buchstäblich verschlang. Nur schauen, nichts anfassen, bekam plötzlich eine ganz andere Bedeutung, als nur eine spaßige Äußerung zu sein. Auch über die Touristenmassen informierte sie sich. Wichtig war, immer mindestens zwei große Flaschen mit Salzwasser dabei zu haben, um nicht auszutrocknen.

„Für den Notfall gibt es in Rom Trinkbrunnen, um die Flaschen mit Trinkwasser wieder aufzufüllen", erklärte Sam. „Ich werde jedenfalls immer ein Tütchen Salz im Rucksack mitführen, um es für dich aufzubereiten."

„Schau mal! Ich habe gerade die App entdeckt, mit der man die Brunnen finden kann!", rief Wari erfreut.

„Sehr gut! Lade sie am besten gleich auf dein Handy", schlug Sam vor. „Da kann man bestimmt auch noch die Sprache einstellen." „Haben wir alles auf der Liste?", fragte Wari.

Sam winkte ab. „Wenn nicht, kaufen wir vor Ort, was wir brauchen. Und ist es für die Heimfahrt zu viel, dann schicke ich es mit der Post als Privatlieferung ans Institut, damit wir es nicht mitschleppen müssen."

„Oh Mann, ich bin ja so aufgeregt!", rief Wari, zum Kalender spähend. Sam lachte herzlich. „Vier Tage musst du noch aushalten."

Wari seufzte. „Ja, ich weiß."

Mr. Wood hatte ihnen fairerweise zwei Wochen vor Abreise mitgeteilt, dass er in einem 5-Sterne-Hotel gebucht habe, um sie kleidungstechnisch nicht vor Probleme zu stellen. Hilde hatte genickt und ihre Schränke inspiziert, genau wie Fiete. Sam war vorsichtshalber mit Wari nach Sassnitz gefahren, um Nobelboutiquen zu stürmen.

„Ohhh jeeee", hatte die Nixe beim Anblick der Preise gemurmelt. „Meinen die das ernst?"

„Das ist das erste Mal, dass ich froh bin, mich einigermaßen auszukennen", grinste Sam. „Es ist auch das erste Mal, dass ich freiwillig und sogar gern hier bin." Er stattete Wari mit dem Besten aus, das die Warenträger hergaben. Für sich selber kaufte er einen nachtblauen Smoking, weil sich noch gar keiner in seinem Besitz befand.

Waris Augen begannen zu strahlen. *„So etwas habe ich schon gesehen"*, hörte Sam ihre Stimme in seinem Kopf. „Du hast jetzt wirklich fast 4000 Euro bezahlt?!", entsetzte sie sich am Ende.

Sam nickte. „Nun müssen wir aber noch ins Stoffgeschäft. Ich möchte deine Schlupfsäcke hochherrschaftlich aufwerten."

„Ohhh jeeee", wiederholte Wari.

Sam blinzelte. „Du wirst trotz Rollstuhl der Blickfang im Hotel sein. Und ich werde mich am Mienenspiel der anderen ergötzen."

Wari kicherte. „Aha, so schwimmt der Fisch! Na, das ist wenigstens Spaß für uns beide."

Sam grinste breit. „Zudem weiß man nie, wem man begegnen könnte. Mitunter ergeben sich neue geschäftlich Verbindungen."

„Hm, das klingt logisch", überlegte Wai laut.

Weil sie wirklich fantastisch durchhielt, gingen sie noch essen, ehe sie wieder nach Hause fuhren.

„Das heute war die Feuertaufe für Rom", gab Sam äußerst zufrieden bekannt. „Wir packen das!"

Wari lachte vergnügt. „Mit dir an meiner Seite scheint nichts unmöglich zu sein. Ach, ich bin glücklich." Sie kuschelte sich fest an seine Schulter.

„Ich auch", jubelte Sam.

„Weißt du eigentlich, dass diese Linda in einem der Geschäfte war?", fragte Wari beim Abendbrot.

Sam schaute sie erschreckt an. „Wirklich? In welchem?"

„Da, wo du mir das kleine Täschchen mit der vergoldeten Kette zum Umhängen gekauft hast. Sie hatte die gleiche Tasche in der Hand. Nur hat sie diese, völlig frustriert, ins Regal zurückgelegt."

Sam begann zu lachen. „Perfekt, dass wir schneller waren! Wenn du diese Tasche hast, kann sie diese, ihrer Meinung nach, unmöglich tragen! Obwohl ihr euch wahrscheinlich nie zur gleichen Zeit damit am gleichen Ort aufhalten werdet."

„Mir tat es auch gut, dieses merkwürdige Spiel mit eigenen Augen gesehen zu haben. Der Groll darüber, dass gerade du mir diese Tasche geschenkt hast, wurmt sie noch viel mehr. Ich werde das kleine Täschchen nun besonders lieben." Wari hob mit einem vergnügten Grinsen die Schultern. „Hat sie für ihre dolchlangen Fingernägel eigentlich einen Waffenschein?"

„Hahaha, genau die Frage habe ich mir oft gestellt!", platzte Sam kichernd heraus. „Da weißt du aber gleich, warum sie im Haushalt buchstäblich nichts gemacht hat. Wie denn auch, mit diesen Krallen?"

Wari betrachtete zufrieden ihre schick manikürten und dezent lackierten Nägel. „Gute Frage. Ich habe zwar im TV gesehen, dass es Leute gibt, die angeblich alles damit machen, aber ‚alles' halte ich für ein Gerücht."

Sam packte die Neuerwerbungen, die nicht vorgewaschen werden mussten, platzsparend und knitterarm gerollt in die Koffer. Die Nachbarn versprachen, sich einmal pro Woche um die Zimmerpflanzen und den Garten zu kümmern, den Briefkasten zu leeren und auch sonst ein Auge mit auf Haus und Hof zu werfen. Eben wie es Sam bei ihnen tat, wenn sie in den Urlaub fuhren.

„Macht euch keinen Kopf, wir kriegen das gebacken, auch wenn eure Reise etwas länger dauern sollte", tröstete der Nachbar.

Am sehr frühen Morgen des Abreisetages brachte Sam Wari ins Meer, damit sie noch einmal richtig Kraft tanken konnte. Zwei Stunden später holte er sie ab und bereitete alles für den Transfer zum Jachthafen vor. Das Taxi kam pünktlich. Man hatte von Seiten der Betreiber auch daran gedacht, einen Rollstuhl transportieren zu müssen. Vor Ort standen schon die Männer Woods bereit, um Gepäck und Rollstuhl an Bord zu tragen. Sam nahm Wari auf die Arme und enterte die Gangway.

Wood begrüßte beide herzlich und freute sich diebisch, als sie riesengroße Augen wegen der Lifte bekamen.

„Extra für mich?", hauchte Wari.

„Jawohl! Es soll Ihnen an nichts fehlen!", bestätigte Wood lächelnd.

Das Taxi mit Hilde und Fiete kam zehn Minuten später und auch die beiden wurden mit der gleichen Herzlichkeit willkommen geheißen.

„Leinen los!", befahl Wood, als alle ihre Kabinen bezogen hatten.

Wari stand mit Sam an Deck, um das Ablegemanöver genau beobachten zu können.

„Haben wir alles richtig gemacht?", blinzelte Wood, als sie die Fahrrinne erreichten.

Wari lachte vergnügt. „Da müssen Sie Sam fragen. Ich habe keinen Funken Ahnung. Zumindest scheinen wir problemlos auf Kurs zu sein. Für mich ist das alles neu und aufregend."

Deshalb blieb Sam auch ständig an ihrer Seite.

Hin und wieder flüsterte Wari: „Da unten liegt was."

Worauf Sam eine Markierung in seine Karte auf dem Schoß setzte. Die meisten Wracks waren schon verzeichnet. Umso mehr staunte er über Waris Orientierungssinn oberhalb des Wassers.

Kaum im freien Meer trug Wood eine Unterwasserkamera herbei. „Die ist noch nicht im Handel", verriet er. „Wir sollen sie für den Hersteller testen."

Sam schaute ihn überrascht an.

„Nun ja, ich habe hinter vorgehaltener Hand verpetzt, dass Sie an Bord sein werden", schmunzelte Wood. „Da habe ich sie kostenlos bekommen. Natürlich muss ich einen handfesten Testbericht abgeben. Aber der dürfte nun wirklich kein Problem sein."

„Stimmt", witzelte Sam. „Weiß man schon, wo der Preis angesetzt sein wird?" Er betrachtete das Gerät äußerst interessiert.

„Bei zirka 15000 Dollar", gab Wood bekannt.

„Ahhh, ich hab's vermutet", flüsterte Sam. „Wenn sie hält, was sie verspricht, ein durchaus angemessener Preis. Sie ist ja für ordentlich Wasserdruck ausgelegt."

„Genau das sollen wir in der Praxis prüfen", erwiderte Wood. „Wobei ... über die angegebene Tiefe sollten wir wohl lieber erst gehen, wenn wir auf der Rückreise sind."

Alle begannen zu lachen.

„Klare Ansage!" Sam reichte ihm das kompakte Gerät zurück. „Das wäre auch mein Plan gewesen."

Wood verfehlte die oberste Stufe des Niedergangs, die megateure Kamera rutschte ihm aus den Fingern, schlitterte über das Deck und plumpste ins Meer. „Oh, nein! Bitte nicht!" Wood rang die Hände, die anderen erstarrten vor Entsetzen.

Im selben Moment glitt Wari aus ihrem Rollstuhl, unter der Reling hindurch und verschwand im Wasser.

„Mann über Bord!", schrie Wood völlig geschockt. „Alle Maschinen stoppen! Um Gottes willen! Miss Wari!" Er rang mit Tränen in den Augen um Fassung. Nur zufällig bemerkte er, dass seine drei anderen Gäste absolut gelassen blieben und eher interessiert ins Wasser starrten. Sein völlig irritierter Blick huschte zwischen dem leeren Rollstuhl und Sam hin und her. „Warum unternimmt denn keiner was?!", schrie er verzweifelt, weil Sam die herbeigeeilten Männer von der Mannschaft mit Gewalt zurückhielt.

„Sie kann sich besser helfen, als wir ihr", sagte er kurz.

Erschüttert beobachtete die Crew die Meeresoberfläche. Drei Minuten später sah man die letzte Hoffnung aus den Gesichtern schwinden. Beinahe hasserfüllte Blicke trafen Sam, der das geflissentlich ignorierte.

Erst nach fast einer Viertelstunde tauchte Wari aus den Fluten, den vollgesogenen zusammengewickelten Schlupfsack in den Händen. „Nehmt mir mal den dicken Fang ab, aber seid vorsichtig, ein Teil meiner Beute könnte schlecht gelaunt sein."

Unter dem Jubel der anderen stieg Sam rasch die Leiter hinunter, übernahm den schweren Sack, um ihn sofort an Deck zu tragen. Erst dann widmete er sich Wari. Sie katapultierte sich ihm entgegen, umschlag seinen Oberkörper mit beiden Armen.

„Kannst du noch atmen?"

„Passt schon", schmunzelte er, langsam an Deck kletternd. Fiete stand sofort mit dem Rollstuhl bereit, Hilde nahm einem der geschockten Männer ein Saunatuch aus den Händen und wickelte Wari locker hinein.

Sam legte vergnügt grinsend einen Finger vor seinen Mund. „Sie haben nichts gesehen, meine Herren."

„Kamera erwischt, Schlupfsack erwischt und", Wari schlug den nassen Stoff gleich selber zurück, „ein leckeres Häppchen für Mittag."

Wood schüttelte die ganze Zeit fassungslos den Kopf.

Wari hob schmunzelnd die Schultern. „Ich habe wirklich nur an Land mit diversen Behinderungen zu kämpfen. Schwimmen klappt prima. Habe ich mir jetzt ein Eis verdient?"

Wood wachte aus seinem Tagtraum auf. „Ein Eis für Miss Wari! Ach was! Eis für alle!" Er nahm vorsichtig ihre Hände. „Sie sind das Wundervollste, das dieser Planet zu bieten hat. Danke, danke, danke."

„Ich muss danken. Ohne Sie würde ich wahrscheinlich Rom nie zu sehen bekommen. Sam hat so schon immer Panik, dass man mich enttarnen könnte, weil wir die verrücktesten Sachen unternehmen."

Wood seufzte. „Ich kann nicht zu 100 Prozent für die Verschwiegenheit meiner Männer garantieren, obwohl es noch nie Ärger gab."

Wari winkte ab. „Denjenigen, der schwatzt, würde man doch glatt in die Klapsmühle stecken. Eine Meerjungfrau im Rollstuhl. Bullshit!"

Das einsetzende Gelächter war sicher bis zum Meeresgrund zu hören.

„Mr. Wood, heute Abend werde ich Ihren Männern erklären, was geschieht, wenn einer schräge Ambitionen hegt. Der Kontakt mit einer Nixe ist nie ohne Folgen." Sie lächelte charmant.

Der Smutje kam soeben mit einem Steward, um das Eis zu bringen und den Fang abzuholen. „Ein Dorsch! Und solch ein Prachtexemplar!

Wie haben Sie denn den gefangen?", staunte er, weil weder Angeln noch Netze auf Deck lagen.

„Er konnte meinem Charme nicht widerstehen, ist aber am Ende nicht ganz freiwillig mitgekommen", blinzelte Wari.

Der Koch blinzelte zurück. „Wundert mich nicht. Ich meine die Sache mit dem Charme." Sein Blick streifte den pitschnassen Schlupfsack, der zum Trocknen über der Reling hing. Mann über Bord. Sein Mienenspiel erzählte einen ganzen Roman. Wari hob neckisch die Schultern und lächelte breit.

„Ich kann mich nicht an ähnlich aufregende und zugleich amüsante Törns erinnern!", japste Wood, in die Lachsalve der anderen einstimmend.

Der Smutje erfuhr erst auf Nachfrage beim Skipper, was wirklich geschehen war. „Dann habe ich das Beste am Törn also schon mal verpasst!", stöhnte er, sich den Kopf haltend.

Wood hätte gar nicht verhindern können, dass seine Leute Wari nun wie eine Göttin umsorgten und Sam wie einen Halbgott, weil es ihm gelungen war, solch ein Wesen für sich zu begeistern. Hilde und Fiete, als Eingeweihte, wurden genau so mit Hingabe umsorgt.

Der Dorsch schmeckte den Seeleuten mittags besonders gut, schon allein wegen der Tatsache, dass ihn eine Nixe erbeutet hatte.

Wari gönnte sich nun das Vergnügen, die Wasserproben für Sam selber aus dem Meer zu holen und die Mannschaft mit Saltos zu verblüffen. Hilde beobachtete es mit einem seligen Lächeln, denn Wari konnte ohne Zwänge agieren und wirklich sie selbst sein.

„Meine Herren Crew-Mitglieder", begann Wari am Abend das Gespräch, als ausnahmslos alle versammelt waren, „Ja, Sie vermuten richtig, was meine Spezies betrifft. Ich bin eine Nixe. Auch wahr, dass ich Gedanken lesen kann, sowie über die vielen Eigenschaften verfüge, die man uns nachsagt. Ich habe also den halben Tag fleißig Meinungsforschung auf die besondere Art betrieben und bin zu dem Schluss gekommen, dass ich Ihnen gegenüber meine negativen Kräfte nicht einsetzen werde. Betrachten Sie sich alle als Auserwählte, denen ich wohlgesonnen sein werde, mit den uns ganz eigenen Konsequenzen. Sollte allerdings später einer auf die Idee kommen, mich auf irgendeine Art verraten zu wollen, wird ihn mein Fluch mit ganzer Härte treffen, wo immer er auch sein mag. Sie sollten es sich deshalb verkneifen, irgendwelches Bildmaterial über meine besondere physische Erscheinung zu erstellen. Das ist alles, was Sie zum Thema wissen sollten."

Das heftige Nicken in der Runde beruhigte Wood, aber auch die Gäste. Sam musste schmunzeln, als der Stewart Wari nun mit beinahe seligem Lächeln Snacks und Getränke kredenzte.

Zwei mal täglich ging sie nun mit Sams oder Woods Kamera offiziell auf Tauchkurs, um ihn bei seinen Forschungsaufgaben zu unterstützen. Wood beobachtete in dieser Zeit persönlich Fischradar und sämtliche andere Geräte, die Gefahren aus der Tiefe rechtzeitig melden konnten. Wari gewöhnte es sich an, bei der geringsten Warnung aufzutauchen.

Heute klang ihre telepathische Stimme sehr aufgeregt, als sie bekanntgab: *„Ich habe soeben ein Schiffswrack entdeckt, das nicht auf der Karte verzeichnet ist! Es ist ein hölzernes Schiff und sieht ziemlich alt aus! Ich mache ein paar Bilder, dann komme ich sofort hoch."*

Sam drückte sie fest an sich, als er ihr aus dem Wasser half. Er nahm ihr die Technik ab und einen fingerlangen Holzspan entgegen, den sie sofort in ein wassergefülltes Röhrchen steckten. Eine Viertelstunde später schauten sie sich die Bilder am großen Flachbildschirm im Salon an.

„Das scheint ein kleiner Segler gewesen zu sein", staunte Sam, zwei Maststümpfe betrachtend. Die Beplankung war im Schlick mehr zu ahnen, als zu sehen. Ein Stück Heck ließ sich aber als solches identifizieren. „Ich schicke die Daten ans Institut. Vielleicht können die Kollegen aus den wenigen Informationen den Schiffstyp ablesen. Wie groß wird es gewesen sein?"

„Hm." Wari betrachtete ihre Hände. „Drei Hände, um den dickeren Mast zu umspannen, zwei und ein bisschen für den dünneren. Also vermutlich ein Küstenschiff."

„Klingt wahrscheinlich", bestätigte Sam. „Extremtaucher sind feine Erfindungen", blinzelte Wood, worauf Wari fröhlich kicherte.

Das Institut meldete sich wenige Minuten nach dem Datenerhalt. „Wir seid ihr denn in diese Tiefe gekommen?"

Wood zeigte geistesgegenwärtig auf sich und Sam erklärte: „Ihr wisst doch, bei wem wir an Bord sind. Nicht fragen. Einfach als gegeben hinnehmen. Okay?"

„Das musst du uns später aber ganz genau erklären", rief Pit Ziegenhagen.

„Nein, muss ich nicht. Schweigen ist Bestandteil der Abmachungen", gab Sam sehr ernst zu zurück. „Schweigen und genießen."

„Verstanden. Wir werden uns dran halten. Aber auf noch mehr Entdeckungen dürfen wir uns doch freuen?"

„Das verbiete ich euch bestimmt nicht", grinste Sam. „Machts es gut, bis dahin." Er wischte sich theatralisch über die Stirn, Wari zuckte lustig mit den Schultern und Wood lachte lauthals, kaum dass das Gespräch beendet war.

„Extremtaucher sind feine Erfindungen", wiederholte er schmunzelnd.

Natürlich wurde Waris Entdeckung am Abend mit der gesamten Crew gefeiert. Hilde und Fiete gratulierten ihr herzlich zu solch einem spannenden Fund. Es beeindruckte alle, auf welche Weise sie zusätzlich Forschungsdaten lieferte. Keiner wäre auf die Idee gekommen, mit den Händen das ungefähre Maß zu nehmen, um die Dicke der Masten schätzen zu können. Sam fertigte zum gemeinsamen Forschungsbericht mehrere Zeichnungen nach Waris Beschreibungen von Details an, welche die Fotos nicht zeigten.

Sie hatte sogar die Breite der Planken mit den Fingern bestimmt. Alles wirklich hilfreich, um den Typ des Wasserfahrzeugs eingrenzen zu können.

„Wenn wir das nächste Mal anlegen, können Sie den Span auf die Post bringen", versprach Wood.

Das war in den Niederlanden. Man nahm neuen Proviant an Bord und Sam blieb genügend Zeit, das erstbeste Postamt aufzusuchen. Nach dem Ablegen bat Wood seine Gäste zur Besprechung. „Auf Grund der üblen Wetterlage auf unserer Route schlage ich vor, den Ärmelkanal Richtung Großbritannien zu passieren, von da mit meinem Privatjet direkt nach Rom zu fliegen."

„Fliegen?", staunte Wari.

„Fliegen", bestätigte Wood. „Alle Vorkehrungen für Waris Sicherheit werden perfekt sein. Niemand wird sie in irgendeiner Weise belästigen."

„Einverstanden", sagte Sam nach kurzem Nachdenken.

„Ich werde Ihnen natürlich auch da mit einem Schiffchen zur Verfügung stehen. Schließlich müssen wir doch greifbare Forschungsergebnisse auftreiben", blinzelte Wood verschwörerisch. „Sam, Sie machen sich viel zu viele Sorgen! Vergessen Sie das Finanzielle. Ich habe Sie alle eingeladen und da ist es mir ein Bedürfnis, dass Sie sich rundum wohlfühlen. Genießen Sie einfach die Freiheit, Ihren Forschungsauftrag entspannt angehen zu können. Zudem habe ich irgendwas von Urlaub gehört. Ich habe eine ganze Etage im Hotel gebucht, um Wari bestmöglich schützen zu können."

Alle Vieren klappte der Unterkiefer bis auf den Schoß. Wood feixte sich eins. „Lassen Sie mir doch den kleinen Spaß! Immerhin stecke ich gerade inmitten des größten Abenteuers meines Lebens."

„Woher kenne ich sowas nur?", kicherte Wari, Fiete und Hilde nickten heftig.

Zwei Tage später bestiegen sie in Dover einen Taxibus, um zu einem kleineren Flugplatz für Sportflugzeuge gebracht zu werden. Von da ging es auf Zwischenstopp nach Frankreich zum Nachtanken.

Wari drückte sich fast die Nase an der Flugzeugscheibe platt. *„Ich fliege!"*, hörte Sam immer wieder ihr seliges Seufzen in seinem Kopf.

Wood rieb sich zufrieden die Hände. Er ahnte, wie sich die Nixe fühlen musste. Mindestens so wie er, als er begriffen hatte, von ihr geheilt worden zu sein.

Der nächste Stopp war in Nizza, um schließlich direkt bis Rom durchzuziehen. Wood hatte es alles perfekt vorbereitet. Auch, dass sie mit einem Hubschrauber auf dem Dach des Hotels landeten. Wari hätte mit ihrem glücklichen Lächeln die ganze Stadt beleuchten können und Wood freute sich diebisch, dass seine Pläne reibungslos funktionierten.

Hilde und Fiete beteuerten immer wieder, dass sie sich keinesfalls als Anhängsel fühlten. Sie genossen die abenteuerliche Reise genau so sehr wie Wari. Der Luxus des Hotels machte alle sprachlos. Wood hatte besonders darauf geachtet, für Wari und Sam eine Suite zu bekommen, deren Bad mit einer großen Partnerwanne ausgestattet war, damit sich die Nixe wirklich bequem ins Wasser legen konnte.

„Was hast du?", fragte Wari, als Sam aufs Smartphone schauend, eine Hand schüttelte, als habe er sich verbrannt.

„Die Nacht kostet hier pro Person fast 2000 Euro."

„Ach du Schreck!" Wari kam heran, um es sich mit eigenen Augen anzuschauen. „Das sind ja in den sieben Tagen, die wir hier sind ...!" Sie fasste sich erschreckt mit beiden Händen an den Kopf. „Äußerst beeindruckend. So ganz langsam kapiere ich, was ein Millionär ist. Und ich freue mich für dich, weil durch ihn deine Forschungen schon mit einem ordentlichen Paukenschlag begonnen haben."

Sam blinzelte vergnügt. Wari nutzte inzwischen so viele geflügelte Worte, dass sie in Diskussionen problemlos mithalten konnte. Die Sache mit dem Paukenschlag hatte er ihr an Hand der ,Sinfonie mit dem Paukenschlag', der 94. von Joseph Haydn erklärt.

„Wie du mir die Dinge nahebringst, kann ich sie mir besonders gut merken", hatte sie gestrahlt und sich die Stelle gleich nochmal angehört.

„Nicht vergessen", merkte Sam an, „Es sind deine Entdeckungen. Ohne dich hätten wir sie wahrscheinlich nicht gemacht."

Wari grinste ihn vergnügt an. „Wir beide sind doch ein Team. Du bist der Chef, der sagt, was sein Taucher tun soll, damit auch ordentlich Geld in die Kasse kommt."

„Okay. Der Taucher taucht und der Chef scheffelt", lachte Sam.

„Richtig." Wari zog ihn zu sich hinunter und küsste ihn auf die Nasenspitze.

Am Abend trafen sich alle zum Essen im Restaurant des Hotels. Die Herren in dunklen Anzügen, Hilde in einem cremefarbenen Etuikleid und Wari mit einem figurbetonenden Langarmshirt aus sonnengelber Spitze zum schwarzen Schlupfsack mit goldgelben Strass-Steinchen.

„Du siehst umwerfend aus!", staunte Hilde, als es Wood und Fiete soeben auch aussprechen wollten.

Wie vorhergesehen, schauten alle anderen Gäste ebenfalls der aparten jungen Dame im Rollstuhl hinterher.

„Ich habe einen fantastischen Stilberater", blinzelte Wari, mit einem Nicken zu Sam.

Nach dem Essen zogen sich alle gemeinsam mit hervorragendem Champagner in die Suite zu Wari und Sam zurück.

„Für mich nur Fruchtsaft", bat Wari, weil sie die alkoholfreie Variante beim Essen schon am liebsten stehen lassen hätte.

Auch mit Saft konnte man das Du, welches sie nach kurzem Blickwechsel mit Sam Tenner Wood vorschlug, besiegeln. Und dieser bot es seinerseits den anderen an, die nur zu gern annahmen.

„In den nächsten beiden Tagen werden wir intensiv die Stadt erkunden, damit ihr erst mal im Schnelldurchgang die schönsten Sehenswürdigkeiten betrachten könnt. Am dritten Tag habe ich für Sam eine Sondergenehmigung erwirkt, zu Forschungszwecken die Trajanssäule besteigen zu dürfen."

„Wow!", war alles, was der überraschte Sam mit tellergroßen Augen herausbrachte.

„Da kann er ein Livevideo für Wari aufnehmen", plauderte Tenner weiter. „Vorher haben wir einen Spezialisten zur Hand, der uns jedes Detail der Säule außen erklären kann, Zahlen und Fakten zu Trajan hat und auch zur Münzprägung in Trajans Zeiten Bescheid weiß. Der war nämlich sofort hellwach, als er hörte, wer sich für die Säule interessiert. Er heißt Federico Pellegrino."

Über Sams Gesicht huschte ein heiteres Lächeln. „Mit ihm habe ich beim ersten Rom

Besuch zu tun gehabt. Ich freue mich auf ein Wiedersehen."

Wari fasste unbewusst nach ihrem Brillanten an der Kette.

„Genau diese Reise war es", blinzelte Sam. „Ein gutes Zeichen."

Auf den fragenden Blick Tenners erzählte er die kurze Geschichte der Kette, und dass sich Wari Brillantohrringe in einer anderen Farbe als an Ring und Anhänger wünschte.

„Als Geburtstagsgeschenk?", wollte Tenner wissen.

Wari schüttelte den Kopf. „Sowas feiern wir vom Meervolk nicht. Wir zählen ja nicht mal die Lebensjahre, geschweige denn die Tage."

„Es gibt ja auch Nichtgeburtstagsgeschenke", schmunzelte Sam. „Die kann man zudem viel öfter bekommen."

Wari nickte begeistert und alle lachten.

Hilde seufzte. „Da werdet ihr mich wohl auch mit Gewalt aus dem Geschäft zerren müssen. Wegen der Erinnerungen an das eigene Juwelier-geschäft."

Fiete kicherte. „Ich werde dir einfach einen Köder vor die Nase halten, den ich vorher dort kaufe, und dich damit aus dem Laden locken.

Sam hat ja gerade erklärt, wie das mit den Nichtgeburtstagsgeschenken funktioniert. Erinnerungen kann dir auch so keiner nehmen. Weder gute noch schlechte." Er streichelte ihre Hand. „Am besten suchen wir gleich ein Verlobungsgeschenk und Trauringe aus, denn mein Anwalt hat gute Nachrichten."

Diesmal nickte Hilde voller Begeisterung.

Wari schluckte. „Das ist der Punkt, wo ich auch gern ein Mensch sein möchte."

Sam nahm sie tröstend in den Arm. Tenner schaute beide nachdenklich an. *„Wenn ich doch nur irgendwie helfen könnte!"*, las Wari seine fast schon verzweifelten Gedanken.

Roma belissima

Der erste Morgen in der uralten Stadt am Tiber begann mit strahlendem Sonnenschein, dem Wari glatt Konkurrenz machen konnte. Ihr innerliches Jubeln, wirklich in Rom zu sein, übertrug sich überdeutlich nach außen. Vom Balkon aus beobachtete sie das jetzt schon ameisengleiche Gewimmel auf den Straßen.

„Ob du gut geschlafen und wie du den gestrigen Tag verkraftet hast", muss wohl keiner fragen, schmunzelte Tenner beim Frühstück.

„Menschen sind erstaunliche Geschöpfe", schwärmte Wari. „Was die alles geschaffen haben! Ich denke, das ist, weil ihr Feuer und Strom nutzen könnt, was bei uns unmöglich war und wir es ja auch nie gebraucht haben. Na ja. Dafür schaufeln wir uns da unten auch nicht unser eigenes Grab, indem wir Ressourcen sinnlos vergeuden. Es hat eben alles Vor- und Nachteile."

„Wir können gleich losziehen", erklärte Tenner nach dem Frühstück, „das Taxi ist schon da."

Sam hatte die Rollstuhltasche mit drei Flaschen Salzwasser bestückt und ein Beutelchen Salz extra dazu gesteckt. Essen wollten alle natürlich landestypisch, wo es sich gerade ergab. Ihren wertvollen Schmuck hatte Wari im Hotelsafe eingeschlossen. Zu groß war die Sorge, im Gewimmel der Menschenmassen bestohlen zu werden. Denn am Kolosseum, mit dem sie begannen, herrschte Volksfeststimmung. Und auch für den heutigen Tag hatte Tenner einen privaten Führer gebucht, der, alle Eintrittskarten in der Hand, die kleine Gruppe in das Innere des imposanten Bauwerks führte.

Wari wurde immer stiller.

„Geht es dir nicht gut?", fragte Sam besorgt.

„Das ist es nicht. Ich bin nur zutiefst ergriffen, dass ich zu jener Zeit, als das hier seine Blütezeit hatte, auch schon gelebt habe. Wobei ich froh bin, solche Dinge, wie hier geschehen sind, nie erlebt zu haben. Obwohl die Kriege auf dem heimischen Meer keinesfalls besser waren. Hätten sie einen von uns Meerleuten erwischt, hätten sie ihn sicher auch vor aller Augen von wilden Tieren zerfleischen lassen." Wari schüttelte sich angewidert. „Menschen sind merkwürdige Geschöpfe", murmelte sie halblaut, worauf auch der Fremdenführer nickte.

Wari bestaunte auf dem weiteren Weg, wie jeder Tourist, der eine geführte Besichtigung durch Rom antrat, den Konstantinsbogen, die Reste des riesigen Tempels der Venus und der Roma. Der Stadtführer hatte ein kleines Büchlein dabei, in welchem er seinen Gästen das Forum Romanum zeigte, wie es zur Zeit des Kaisers Augustus ausgesehen haben musste.

„Sind hier nicht auch irgendwo die Mamertinischen Kerker?", flüsterte Wari Sam zu.

„Da drüben!" Der Guide zeigte mit dem Finger hinter das Grabungsfeld. „Das ist nur mit dem Rollstuhl schwierig."

Wari winkte ab. „Mir genügt es schon, diesen Ort von hier aus zu sehen."

„Wegen der Petermännchen?", blinzelte Sam.

„Hm, ja, genau deswegen", sagte Wari versonnen, worauf der Stadtführer eine Erklärung bekam und dann seinerseits, den anderen über den mutmaßlichen Kerkeraufenthalt des Apostels Petrus berichtete.

„Was du alles weißt!", staunte Tenner am Ende über Wari.

Was nur durch viele Stufen zu erreichen war, betrachteten sie ausschließlich von Ferne.

Plötzlich packte Wari Sam am Arm. „Da drüben! Ist das die Trajanssäule?"

„Richtig!", bestätigte der Stadtführer und schlug auch schon die Richtung dahin ein.

Fiete umrundete das Bauwerk gleich mehrmals, es filmend und fotografierend. Das Wari auch jedes Detail ablichten werde, war zu erwarten gewesen. Im strahlenden Sonnenschein wirkte die Säule fast wie aus Elfenbein geschnitten. Sam freute sich darauf, demnächst die Wendeltreppe im Inneren erklimmen zu dürfen, die schon lange für Touristen gesperrt war.

Dann gingen sie die wenigen Meter zu den Bänken unter den schattigen Bäumen zurück, wo sich alle ausruhen konnten. Sam reichte Wari eine Wasserflasche, welche sie fast in einem Zug leerte. Erst jetzt merkte sie, wie ihr Körper in der Hitze nach Feuchtigkeit schrie.

„Alles in Ordnung?", fragte Tenner besorgt.

Wari nickte heftig. „Ich muss so ein kleines Büchlein haben! Wegen der durchsichtigen Seiten, mit denen man die Bauwerke auferstehen lassen kann. Völlig egal, in welcher Sprache es ist!"

„Die gibt es in verschiedenen Sprachen manchmal in den Touristeninformationen oder am Vatikan. Die sind auch nicht teuer. 17 Euro inklusive beiliegender CD und Kartenmaterial", gab der Führer Auskunft. „Sehen Sie?" Er zeigte ihnen den oben links aufgedruckten Preis auf der Rückseite des Buches.

Der nächste Weg führte in eines der umliegenden Restaurants, wo Tenner alle aufforderte, sich zu bestellen, was sie wirklich haben mochten, ohne auf die Preise zu achten. Der Stadtführer freute sich nun noch mehr über den ungewöhnlichen Auftrag, den er aus Neugier angenommen hatte, obwohl seine freien Tage gewesen wären. Wari schwelgte in Pasta mit Meeresfrüchten.

„Ich weiß, dass man das in Italien um diese Urzeit nicht tun sollte, aber ich möchte einen Cappuccino haben", flüsterte sie Sam zu.

„Mmm, mmm, den möchtest du nicht", gab er genau so leise zurück. „Er ist hier nicht das, was du von zu Hause kennst. Ein echt italienischer Cappuccino ist ein Espresso mit Milchschaum. Den trinkst du nicht."

„Ach herrje!", erschreckte sich die Nixe, als es der Fremdenführer bestätigte.

„Ich nehme Eiskaffee!", gab Hilde bekannt.

Den bekam sie sofort. Nur wurden ihre Augen riesengroß.

Sam lachte: „Auch das ist, landestypisch, anders als bei uns", weil sie verblüfft die Eiswürfel im Espresso beäugte.

Fiete grinste sich eins. Hilde hatte völlig vergessen, dass es Affogato al caffè gewesen wäre, was sie hatte haben wollen. Also Espresso mit einer Kugel Vanilleeis. Nur gab es den eben nicht in allen Regionen. So ließen sich die Frauen schließlich heißen Kakao bringen, der vorzüglich schmeckte.

Am Nachmittag besuchten sie noch den Trevibrunnen, aßen Eis in einem der kleinen Cafés und ließen sich anschließend mit einem Taxi zum Hotel bringen. Den Abend wollten sie ganz entspannt auf dem Meer verbringen, wo Wari auch die Möglichkeit bekommen sollte, zu schwimmen, damit es ihr wirklich an nichts fehlte.

„Da unten ist was", flüsterte Wari, als die Jacht den Hafen noch nicht ganz verlassen hatte.

Tenner ließ die Geschwindigkeit stark reduzieren. Wari glitt mit der Kamera unbemerkt ins Wasser. Sie war nach einer Viertelstunde neben dem Schiff, in den Händen eine kleine Amphora voller Münzen. Sam holte zuerst den Fund an Bord, dann die glückliche Wari.

„Ich glaube, mir machen die Forschungen von Tag zu Tag mehr Spaß!", lachte sie.

„Ja, das sieht man deutlich!", schmunzelten die anderen, interessiert zuschauend, wie Sam zuerst den Fund kartierte und dann auf einem Tischchen ausbreitete. 41 Goldmünzen, 11 silberne und 23 Bronzemünzen.

„Erstes Jahrhundert!", rief Sam überrascht. „Schaut mal da! Vier Goldtrajane. Wari, du hast einen äußerst wertvollen Schatz gefunden!"

„Unglaublich!", staunte Tenner. „Ich glaube, ich sollte den Fund melden, damit ihr beide nicht leer ausgeht."

„Gebongt." Sam sandte Bilder und Daten ans Institut, Wood erstattete Meldung an die Behörden. Die mussten sich nun mit Sams Forschungseinrichtung um alles Weitere rangeln. Die Gratulationen des Teams kamen innerhalb weniger Minuten, denn Pit Ziegenhagen schob Überstunden.

Inzwischen erstattete Wari umfassenden Bericht. So allein, wie das Gefäß im Sand gelegen hatte, war es wohl einst versehentlich von einem Boot oder Schiff gefallen.

Die Wracks auf dem weiteren Weg waren schon kartiert. Trotzdem ankerten sie in der Nähe von einem. Konnte ja sein, dass die Nixe noch Dinge erspähte, die den Erstentdeckern völlig entgangen waren. Wari wirkte trotz aller Freude nachdenklich und Fiete fragte schließlich nach dem Grund.

„Ich möchte mir die Videos nochmal anschauen", bat sie plötzlich. „Da unten war mehr, als die Amphora. Ein großes Tier, das aber nicht näher herankam. Vielleicht kann man es auf den Bildern erkennen."

„Womöglich ein Delphin", überlegte Sam laut. „Die sollen hier öfter aufkreuzen."

„Da! Da ist es!", rief Tenner nach den ersten Sequenzen. „Das ist für einen Delphin zu schlank."

„Ein Blauhai", erschreckte sich Sam. „Ziemlich ungewöhnlich, dass die gerade hier auftauchen, ausgerechnet heute und derart nah am Hafen. Aber wer weiß schon, was alles unbemerkt herumschwimmt?"

Als sie die Bilder weiter aufzoomten, fanden sie Sams Worte bestätigt. Das war eindeutig ein halbwüchsiger Blauhai, der Wari beobachtet hatte. Als Beute war ihm der merkwürdige fremde ‚Fisch‘ wohl suspekt erschienen.

Sam nahm Waris Hand, ein Blickwechsel, dann war allen klar, dass sich Wari nun noch mehr in achtnehmen werde.

„Ich glaube, hier kriegt mich keiner ins Wasser!“, gruselte sich Hilde. „Da ziehe ich den Pool des Hotels tausendmal vor.“

Fiete nickte heftig. Ja, das sah er ganz genau so. Da war nicht zu erwarten, dass plötzlich etwas aus der Tiefe auftauchte.

„Ohne einen gewissen Schuss Verrücktheit sind Entdeckungen nicht zu machen“, sagten Wari, Sam und Tenner wie aus einem Mund, worauf schallendes Gelächter einsetzte.

„Macht mal, wir schauen von relativ sicherer Position interessiert zu“, grinste Fiete.

Sam leuchtete soeben mit einer starken Taschenlampe in die Amphora, weil sich in der Spitze Sediment angesammelt zu haben schien. Einer von der Crew brachte eine kleine Plastikwanne, um den Fund zwischenzulagern. Weil Sam nicht viel erkennen konnte, schwenkte er die Amphora mit Wasser aus, welches er in die Wanne schüttete.

„Na, da brat mir doch einer einen Storch, wenn das nicht Bernstein ist", brummte er zufrieden, als mehrere spielwürfelgroße Stückchen herausrutschten. „Wenn er jetzt noch aus dem Ostseeraum stammt, haben unsere Forschungen nicht nur einen Paukenschlag, sondern auch noch Trommelwirbel und Posaunen."

„Vielleicht hat es mich ja deswegen so magisch dahin gezogen", überlegte Wari. „Ich bin ja, seit wir losgezogen sind, ganz auf dein Forschungsfeld um die Handelswege von hier zu uns gepolt. Möglich wäre es, dass mich ein Stückchen Heimat angelockt hat."

„Mit euch wird es jedenfalls nie langweilig", grinste Tenner.

Sam trocknete die Hightech-Kamera akribisch ab. „Mit dem feinen Gerät aber auch nicht. Mit einem anderen hätten wir den Hai entweder gar nicht ohne Zusatzscheinwerfer im finsteren Wasser gesehen, oder nicht genau bestimmen können."

Der Stewart bat Augenblicke später zu Tisch, Windlichter brannten, leise Musik erklang und sie feierten den grandiosen ersten Tag im ewigen Rom. Mit einem Taxibus fuhren sie spät in der Nacht ins Hotel zurück, wo alle wie Steine in die

Betten fielen. Der Tag war überaus aufregend gewesen.

Wari legte sich vor dem Frühstück für eine halbe Stunde in die Badewanne, um die nächsten aufregenden Abenteuer an Land gut überstehen zu können. Es standen der Vatikan, die Engelsburg und das Pantheon auf dem Plan. Dort sollte am Nachmittag ein Konzert stattfinden, auf das sich Wari freute. Ein wenig traurig war sie darüber, viele wundervolle Dinge nicht anschauen zu können, weil das im Rollstuhl nun mal nicht ging. Wobei Sam sie buchstäblich überall hintrug, was man gefahrlos erreichen konnte. Tenner, der schon oft in Rom gewesen war, bewachte inzwischen den Rollstuhl. Die überschwängliche Freude Waris tat ihm gut.

Diesmal blieben sie abends im Hotel, nicht nur Sam war völlig fertig. Auch Hilde und Fiete tat jeder Knochen vom vielen Treppensteigen weh.

„Oh, mein Gott", seufzte Hilde beim Abendbrot, als es heftig in den Hüftgelenken ziepte, obwohl sie nur nach dem Salzstreuer fassen wollte. „Die Römer müssen doch fit, wie Turnschuhe sein, wenn sie ständig ihre sieben Hügel hoch und runter krabbeln und Treppen steigen, die glatt an Himmelsleitern erinnern."

Bis auf Wari grinsten alle. Die hatte gefühlt, wie sich die anderen teilweise quälten. Besonders Sam, der mit ihr auf den Armen die unmöglichsten Treppen überwunden hatte, ohne einen einzigen unmutigen Ton von sich zu geben. Auf der einen Seite die Spanische Treppe hoch, auf der anderen wieder runter. Beobachtet von mehreren Polizisten, die Sam achtungsvolle Blicke zuwarfen. Tenner bewachte den Rollstuhl.

Beim heutigen abendlichen Turn mit der Jacht schnallte sich Wari ein Tauchermesser um, sowie einen locker gewebten Beutel. „Mal sehen, ob sich irgendwas Hübsches finden lässt", schmunzelte sie, mit einem Salto ins Meer springend. Sam ließ die Kamera an einer Leine hinunter. Wari griff sie und tauchte senkrecht ab. Alle auf dem Schiff schauten ihr nach.

„*Ich habe einen wundervollen Mondfisch entdeckt!*", hörte Sam Wari jubeln. „*Er ist gigantisch! Und da noch einer!*"

„*Super! Viel Spaß mit den beiden!*", wünschte Sam.

Sein vergnügtes Lächeln ließ die anderen aufhorchen. Er verriet schließlich, was Wari vor die

Linse geschwommen war, und dass sie garantiert jedes Detail der beiden filmen werde.

Tenner murmelte: „Ich möchte am liebsten live auf den Laptop schalten, aber nicht, wenn sie nichts davon weiß."

„Ich frage sie", erwiderte Sam und einen Augenblick später: „Darfst es tun."

Den drei anderen klappten die Kinnladen herunter.

„D ... d ... du ... k ... kannst auf diese Entfernung mit ihr kommunizieren?!", erschreckte sich Tenner.

„Kann ich", grinste Sam. „Nur anderer Leute Gedanken kann ich nicht lesen."

Tenner schaltete kopfschüttelnd auf Liveübertragung. Wari winkte in die Kamera und umrundete noch einmal die durchs Wasser schwebenden Riesenfische.

„Wow." Fiete blieben glatt die Worte weg.

Dann tauchte die Nixe zum Grund hinunter. Tenner fasste sich an den Kopf. „Von solchen Tiefen kann ich nur träumen!"

„Bist nicht der Einzige", gab Sam zu, die fast unerreichbare Welt unter Wasser betrachtend. Die Nixe nahm etwas vom Grund auf, betrachtete es kurz und begann aufzutauchen. Sam vermutete, sie habe es als unnütz weggeworfen. Umso mehr war er überrascht, als sie ihm auf Deck angekommen, ihre Hand entgegenstreckte, an deren Gelenk eine verkrustete Armspange steckte.

„Sag bitte nicht, dass sie uralt ist", flehte sie. „Es fühlt sich so gut an."

„Ich habe nichts gesehen", erklärte Tenner im Brustton der Überzeugung, Hilde und Fiete nickten im Takt.

Sam schmunzelte, dann schlug er vor: „Wir reinigen sie erst mal, um zu schauen, was überhaupt unter der Kruste aus Seepocken steckt."

„Heute ins Wasser gefallen, morgen schon Pocken verseucht", dozierte Fiete mit erhobenem Zeigefinger.

Wari kicherte. Sam begann vorsichtig, mit Schraubenzieher und Skalpell die lästigen Krebstiere abzupulken, immer wieder mit einer weichen Bürste nacharbeitend. Was zum Vorschein kam, sah im ersten Moment nach schmalem Kinderschmuck mit drei Reihen Strass-Steinchen aus. Aber das hätte Wari nicht so in Aufregung versetzt.

„Uralt ist das jedenfalls nicht", ließ sich Hilde vernehmen. „Einundzwanzigstes Jahrhundert, falls es was Echtes ist. Wenn du Glück hast, Gelbgold mit irgendwelchen geschliffenen Steinchen."

Sam zog wie zufällig die Kante eines dieser Steinchen an der Weinflasche entlang. „Ooops! Echt. Passt, wenn es richtig gereinigt ist, zu deinen anderen Schmuckstücken."

„Ich darf es behalten?!", fragte Wari zaghaft.

„Jepp! Ist zu neu für meine Forschungen", gab Sam breit lächelnd bekannt, fleißig weiterputzend.

Tenner lachte herzlich. „Fantastische Nachrichten."

„Da haben wir auch schon die Stempel", merkte Sam an. „Ist Gelbgold. Ob es Diamanten sind oder nur Bergkristall im Brillantschliff, können wir zu Hause prüfen lassen."

„Gib mal rüber", bat Tenner, den Armreifen mit dem Handy scannend. „Da haben wir es doch schon!" Er deutete auf die Marke und verriet: „Brillanten und nicht ganz preiswert."

Fiete hüstelte. Ja, bei rund 8000 Euro traf der Satz den Nagel auf den Kopf.

„Ich sollte schleunigst passende Ohrringe auftreiben", merkte Sam an.

„Dann machen wir morgen einen Zug um die Häuser, bis wir gefunden haben, was Wari möchte", feixte Tenner.

„Wird wohl genau so kommen", meinte Sam.

Hilde und Fiete schmunzelten. Wari nickte begeistert. Sie werde im Gegenzug alles unternehmen, Sam zu solch einer grandiosen Unterwasserkamera zu verhelfen.

Federico Pellegrino holte Sam direkt vorm Hotel ab. „Schön, dich wiederzusehen!", sagte er, Sam fest die Hand drückend. „Herzlich willkommen in Rom! Kaum da und schon anderen wieder die Schau gestohlen", lachte er. „Lass uns auch noch ein paar antike Stücke im Meer übrig!"

„Besteigt ihr euern Turm, wir drücken uns derweil die Nasen an den Schaufenstern in der näheren Umgebung platt", gebot Tenner blinzelnd.

„Okay, dann in anderthalb Stunden wieder hier", legte Federico fest. „Man hört ja tolle Sachen von dir", begann er unterwegs das Gespräch. „Und so, wie ich dich kenne, wird wohl alles wahr sein."

„Was meinst du?"

Federico schmunzelte. „Zum Beispiel, dass dein Schatz im Rollstuhl sitzt, scheint schon mal zu stimmen. Dann, dass sie dich bei allen Forschungen unterstützt. Und dass ihr beide in den letzten Monaten grandiose Funde gemacht habt."

Sam zog ein Gesicht, als habe er in eine Zitrone gebissen. „Sie wird nicht erfreut sein, dass man sie öffentlich benennt."

„Keine Sorge. Das tut man nicht. Du kennst doch meine Kanäle", wiegelte Federico ab.

Sam atmete tief durch. „Okay. Solange die Informationen nur dort kursieren, will ich nicht murren."

„Wie ist es euch gelungen, Tenner Wood für eure Exkursionen einzuspannen?", fragte auch Federico.

„Durch Waris unnachahmlichen Charme", blinzelte Sam. Dann wurde er ernst. „Er vergilt, was sie ihm Gutes getan hat."

„Ah, okay. Die Information ist schon wieder vergessen."

„Prima."

„Für die Säule interessierst du dich weil ...?"

Sam lachte. „... Wari vor ein paar Jahren einen Gold-Trajan in der Ostsee gefunden hat und wir beide nun alles erkunden, was mit dem Kaiser zu tun hat. Wir wollen versuchen, mögliche Handelsketten zwischen dem antiken Rom und dem Ostseeraum aufzudecken."

„Ich habe gehört, ihr hättet vorgestern Bernstein unter Münzen des Trajan, nahe Ostia gefunden", bohrte Federico.

„Der Buschfunk scheint ja tadellos zu funktionieren", brummte Sam sarkastisch.

„Falsch. Ich bin direkt mit der Bearbeitung der Funde beauftragt worden", grinste Federico. „Da habe ich auch erst kapiert, dass ihr wirklich von Woods Jacht aus operiert."

„Ich habe es mir angewöhnt, lukrative Angebote nicht erst auf die lange Bank zu schieben. Und dass ich gern etwas unorthodoxer ans Werk gehe, weißt du ja selber. Es ist recht angenehm, nicht alle Trips und Tauchgänge minutiös planen zu müssen, weil pro Tag so und so viel Kosten für Schiffsdiesel oder Leihgebühren anfallen. Ist mal ein Regentag dabei, geht jetzt nicht gleich die ganze Welt unter."

„Glückspilz", seufzte Federico, das Auto in Nähe des Turms abstellend. „Ich bin derzeit schon glücklich, dass ich eine Sondergenehmigung zum Parken im historischen Stadtkern habe." Er öffnete die Tür zum Treppenaufgang des Turms. „Ich selber war bisher auch nur zwei Mal hier oben", gab er zu, genau wie Sam alles fotografierend, was ihm vor die Linse kam.

„Wir werden dich auf dem Laufenden halten, sollten wir Bahnbrechendes herausfinden", versprach Sam. „So richtig glaube ich nicht an feste Handelsrouten. Der Ostseeraum war offenbar zu exotisch und zu unberechenbar für das römische Weltreich."

„Sie hätten jemanden wie Marco Polo gebraucht", grinste Federico.

„Stimmt. Nur war der halt über 1000 Jahre zu spät dran und in völlig falscher Richtung unterwegs", witzelte Sam, noch einen letzten Blick über die Dächer schweifen lassend. „Wir machen uns heute Nachmittag übrigens in die Spur, um was Passendes zum rosa Kettenanhänger zu besorgen."

„Ach, schau an! Dann muss sie wirklich die Frau für's Leben sein!", staunte Federico.

„Ist sie, mein Lieber. Ist sie." Sam verstaute die Kamera in der Umhängetasche.

Allerlei Schätze

„Ich habe ihm ein paar Rätsel zu meinem persönlichen Befinden aufgegeben", kicherte Sam, Wari einen Kuss auf die Stirn hauchend, als ihn alle mit fragendem Blick erwarteten.

Federico war das natürlich nicht entgangen. Die Schönheit im Rollstuhl schien Sam wirklich alles geben zu können und ihn rundum glücklich zu machen. Er erinnerte sich an Sams Worte nach dem Kauf des auffallend großen Brillantanhängers. „Sollte ich den eines Tages verschenken, dann habe ich die oft besungene unsterbliche Liebe gefunden." Und heute hatte er erklärt, ein weiteres Geschenk hinzufügen zu wollen. „Glückspilz", wiederholte Federico flüsternd. Ihm lief jede davon, weil sie schnell die Nase von seinem unsteten Wissenschaftlerleben mit ständigen Reisen ins Irgendwo mit Campingflair satthatte.

„Er ist übrigens die graue Eminenz, die unsere Funde behördlich begutachtet", gab Sam zum Besten.

„Interessant", murmelte Tenner. „Ist das nun gut oder schlecht?"

Sam hob die Schultern. „Keine Ahnung. Ich hoffe das Beste."

„Ein bisschen deprimiert sieht er aber schon aus", merkte Wari an.

„So wirkt er auch auf mich", gab Sam zu. „Ach, Schwamm drüber! Ab, zum Juwelier!"

Tenner begann zu lachen. „Sonst musst du wohl das Geld umschaufeln, damit es nicht schimmelig wird?"

„So ähnlich", grinste Sam. „Die Wahrheit ist: Bei dem Tempo, mit dem Wari Schätze aus dem Meer zieht, käme ich sonst nie dazu, ihr Geschenke zu machen."

„Unbestritten", schmunzelte Fiete.

So kam es, dass der beste Juwelier am Platz skeptisch schaute, als die miteinander scherzende Gesellschaft seinen Laden betrat. Dann erinnerte er sich, das Gesicht des jungen Mannes schon gesehen zu haben und auch der einzelne Herr war ihm plötzlich nicht ganz unbekannt. Als er hörte, wie sich gerade die beiden, als Tenner und Sam ansprachen, öffneten sich die Vitrinen mit den schönsten Kreationen fast von allein. Da hatte doch erst diese Woche in der Zeitung gestanden ... Jetzt entdeckte er den fast pinken Brillanten an der Kette der jungen

Frau, der bisher vom langen Haar verdeckt gewesen war.

„Ich habe ein Paar Ohrringe, die perfekt zu Ihrem Schmuck passen", erklärte der Juwelier, ein Steckkissen aus einer Schublade ziehend. „Sehen Sie? Die rosa Brillanten sind in der Farbe fast mit dem an der Ketten identisch und die beiden Kleinen daran hängenden runden das Bild zur Armspange ab."

Wari atmete tief durch. „Eigentlich war mein Plan, eine andere Farbe zu nehmen, aber das sähe unglaublich albern aus, wie ich jetzt überzeugt bin."

„Was meinst du, Hilde?"

„Das ist richtig. Ich habe mich nicht getraut, es dir zu sagen, weil du völlig euphorisch über die vielen Diamantfarben warst."

Sam brachte der Preis für die aparten Ohrringe mit den hübsch gearbeiteten Klappbrisuren nicht aus der Ruhe. Seine Traumfrau war es ihm wert.

Wari betrachtete ihren Platinring. Irgendwie wirkte der deplatziert. Da hörte sie den Juwelier sagen: „Kissenschliffe kommen bei Diamanten gerade wieder in Mode. Ich vermute, Ihr Ring ist ein Original aus dem 19. Jahrhundert."

„Ja, das ist richtig", bestätigte Wari, ihn abziehend und ihm reichend.

„Ein ausnehmend hübsches Stück und eine wirklich gediegene Arbeit", schwärmte der Mann. Er tippte den Stempel an. „Deutsche Wertarbeit."

Hilde und Fiete waren schnell fündig geworden. Sie hatten klare Vorstellungen gehabt. So steckte Fiete mit zufriedenem Gesicht das Etui mit den dreifarbigen Goldringen in die innere Jackettasche. Das Wichtigste war gewesen, genau diese Ringe in Rom zu kaufen und nirgends anders.

Tenner schaute ein bisschen hier, ein bisschen da und schien sich etwas zu notieren. Keinem fiel auf, dass er den Zettel nicht einsteckte, sondern beim Hinausgehen auf den Verkaufstresen legte.

Diesmal verbrachten sie den Abend in der Bar des Hotels, weil Regenwolken aufgezogen waren. Ein Angestellter erschien, auf einem silbernen Tablett Tenner einen dicken gepolsterten Brief überreichend.

„Ah, hervorragend. Danke!" Er quittierte die Sendung. „Mir ist Waris halb nachdenklicher halb trauriger Blick nicht aus dem Kopf gegangen, als sie ihren Ring betrachtete", begann er zu erklären. „Da habe ich mir gedacht, dass ihr beide mir seit Tagen zu einer ziemlichen Publicity verholfen habt, die sich deutlich positiv auf meine Geschäfte auswirkt. Das Honorar gibt es heute Abend als Geschenk an die Dame." Er öffnete unter den überraschten Blicken der anderen den Brief, entnahm ihm ein Schmucketui, welches er Wari entgegenhielt.

„W ... Wirklich für mich?", stammelte die Nixe, Sam einen fast hilflosen Blick zuwerfend.

Der blinzelte. „Du weißt doch, alles, was dich glücklich macht, macht auch mich glücklich."

Wari drehte das Kästchen so, dass alle hineinschauen konnten. Auf einem schwarzen Samtkissen lagen zwei Ohrringe und ein Kettchen mit Anhänger im Kissenschliff.

„Es ist Weißgold mit synthetischen Diamanten, was aber hervorragend zu deinem Ring passt, nur ein Fachmann nach sehr eingehender Prüfung feststellen kann, und mich nicht ans Hungertuch bringen wird", erklärte Tenner. „Ich hatte es rein zufällig erspäht, als der Juwelier die Schublade öffnete."

„Oh, danke, danke, danke!" Wari drückte ganz fest seine Hand.

„Aha, also kein Notizzettel, sondern ein Auftrag", stellte Sam schmunzelnd fest.

„Richtig", bestätigte Tenner sehr breit lächelnd. „Ich kann zwar keine Gedanken lesen, aber in Waris Blick glaube ich gesehen zu haben, dass sie über einen Verkauf des Rings nachdachte."

Die Nixe zuckte zusammen. „Stimmt! Mich hat nur abgehalten, dass ihn der Fachmann als sehr wertvoll einstufte."

„Dann werden wir wohl demnächst für deinen Gelbgold-Schmuck noch einen passenden Ring besorgen müssen", überlegte Sam laut.

„Oh je", murmelte Wari. „Vielleicht finde ich ja noch einen."

Das einsetzende Lachen ließ die anderen Barbesucher erschreckt herumkreiseln.

„In Anbetracht dessen, was die Damen hier zur Schau tragen, können ein oder zwei Ringe mehr nicht schaden", witzelte Fiete.

„Auch wahr", seufzte die Nixe. „Ich funkele ja mit um die Wette und es macht sogar Spaß."

Über Sams undefinierbaren Blick kicherten nun ebenfalls alle.

Wari am meisten. „Keine Sorge, ich werde dich bestimmt nicht ausnehmen, wie einen Barsch zum Braten."

„Ab morgen wird intensiv gearbeitet", sagte Sam und ehe er wirklich Ausführungen machen konnte, rief Wari: „Zu Befehl, Boss!"

Das Lachen ging in die nächste Runde. Tenner wischte sich Tränen aus den Augen.

„Au weia, ich werde morgen Bauchmuskelkater von vielen Lachen haben", stöhnte Fiete. Hilde nickte. Ihr werde es wohl ähnlich gehen.

„Wir haben nämlich, wie im richtigen Leben, festgelegt: Der Taucher taucht und der Chef scheffelt", fügte Wari hinzu.

„Ich kann nicht mehr!", japste Tenner, sich auf die Schenkel klopfend.

Sam grinste breit. „Die Gäste werden jetzt krampfhaft überlegen, was in unseren Getränken war."

Tenner zückte ein neues Taschentuch.

Fiete und Hilde beschlossen, am kommenden Tag auf eigene Faust Rom zu erkunden, sodass die anderen direkt mit einem Leihwagen nach Ostia fuhren, den Sam übers Hotel anmietete. Unterm Strich waren die Mietgebühren, der Stellplatz am Hafen und das Benzin preiswerter, als Tag für Tag die vielen Kilometer mit dem Taxi zu fahren.

„Hast ja nicht unrecht", gab Tenner klein bei.

Wari erklärte: „Ich würde mich auch nicht gut dabei fühlen, alle Kosten auf Tenner abzuwälzen. Egal, ob er das lieber möchte oder nicht."

Sam breitete an Bord die Karte aus. „Uns interessiert dieses antike römische Wrack. Es heißt, man habe alle Artefakte geborgen. Ich glaube nicht daran. Wir gehen auch beide runter. Ich möchte sofort eingreifen können, falls es irgendwelches Getier auf Wari abgesehen hat."

Tenner gab die Koordinaten an den Steuermann weiter. Das Zielgebiet war weder besonders tief noch problematisch. „Darf ich mitkommen? Ich unterwerfe mich auch jeder Order!", fragte er die beiden.

„Aber gern doch!", antworteten sie sofort.

Wari unbeobachtet ins und aus dem Wasser zu bekommen, war die wichtigste Regel. Die Mannschaft hatte sogar eine Art Sack kreiert, in welchem man sie notfalls unverletzt an Bord hieven konnte. Es war ihnen ein Bedürfnis, jegliches für die Nixe zu tun. Denn seit sie zum ersten Mal auf dem Schiff erschienen war, widerfuhr allen nur noch Gutes.

Wari sprang mit einem Doppelsalto über Bord und wartete im Wasser auf die Männer. Die Kameras wurden zu ihnen abgeseilt, worauf alle drei gemeinsam abtauchten, mit Argusaugen vom Ersten Offizier und dem Steuermann beobachtet. Sams Kamera war auf Liveschaltung.

„Ich kann fühlen, dass hier noch irgendwas Wertvolles herumliegt!", konnte Sam Waris Gedanken hören. Sie überschwamm mehrmals das gesunkene und in Einzelteile zerfallene Schiff. Der schlechte Zustand war auch schuld daran, dass es im Wasser verbleiben sollte, obwohl es laut Expertisen aus vorchristlicher Zeit stammte. Sie hatten sich auf der Fahrt zum Ankerplatz die Videosequenzen von der Bergung der vielen Amphoren und einiger Waffen aus Bronze angesehen. Wari konzentrierte sich auf jene Stellen, an denen die anderen Wissenschaftler nichts gefunden hatten.

„Sei bitte vorsichtig!", mahnte Sam, als sie mit den Händen im Sand zu suchen begann. Er war sich zwar sicher, dass sie Werkzeug benutzen werde, wenn sie eine Spur gefunden habe, aber ob sie giftiges Getier erkennen werde, wusste er nicht.

Da nahm die Nixe mit beiden Händen etwas auf. *„Schau mal! Ist das wertvoll?"*

„Ein Schildbuckel von einem Scutum, also einem Turmschild, vermutlich aus dem ersten Jahrhundert nach Christus. Kein Schatz, aber geschichtlich interessant, weil es ja angeblich ein vorchristliches Wrack sein soll." Er nahm ihn entgegen, filmte und steckte ihn schließlich in den Sammelbeutel an seinem Gewichtsgürtel.

Tenner beobachtete, wie Wari zu kreisen begann, um plötzlich die Reste einer Ruderbank anzuvisieren. Dann winkte sie Sam heran. Er half ihr, zwei schwere Bretter beiseite zu heben. Augenblick später zog Wari etwas aus dem Sand.

„Wow, ein Lorbeerkranz!", staunte Sam.

Wari setzte ihm das Diadem schmunzelnd auf die Haube des Taucheranzugs. Tenner filmte, verschmitzt grinsend.

Wir müssen hoch, signalisierte Sam nach kurzem Blick auf die Uhr. Wari tauchte mit ihnen auf. Technik und Funde wurden zuerst an Deck geholt, dann stieg Tenner die Leiter hoch und schließlich Sam, an dem sich Wari festkrallte.

„Ich glaube, dein zweiter Fund ist in jeder Weise besonders", verriet Sam nach kurzer

Untersuchung. „Ich vermute, dass es sich um Gold handelt. Der Schildbuckel scheint aus Bronze zu sein." Er fotografierte und vermaß die Artefakte von allen Seiten, trug die Fundstellen in die Karte des Wracks ein, dann sandte er die Daten ans Institut. Tenner wartete noch eine Stunde, ehe er die Meldung an die Behörden verfasste.

Inzwischen hatten sich Sams Kollegen über die mitgelieferte Videosequenz amüsiert, wie eine Frauenhand, die nur zu Wari gehören konnte, obwohl sie auf keiner der Aufnahmen zu sehen war, Sam den Lorbeerkranz aufsetzte.

„Samsius Germanicus Caesar mischt Rom auf", witzelte Klaas. „Ich wäre im Traum nicht auf die Idee gekommen, das vorher von mehr als zehn Mann ausgelutschte Wrack nochmal zu durchsuchen."

„Er ist eben die Goldmarie der Archäologie", grinste Pit. „Wo es Gold zu holen gibt, bleibt es an ihm kleben."

Jens atmete tief ein und blies die Luft mit einem Flunsch als Schwall wieder aus. „Hoffentlich bleibt auch was kleben, das er mit zu uns nehmen darf."

„Ach, ich setzte da einen Funken Hoffnung in Mr. Wood", winkte Pit ab. „Der wird schon irgendeinen Weg finden, wenn es Sam nicht selber gelingt. Oder Wari, die möglicherweise Verbindungen hat, von denen wir nicht ansatzweise was ahnen."

Der Lorbeerkranz war auch in Rom das Thema Nummer eins. „Ich will den Kranz haben", merkte Wari an. „Nicht für mich, aber für Sams Institut. Wenn es auf legalem Wege nicht geht, dann werde ich ein bisschen nachhelfen!"

„Oha! Jetzt wird sie energisch!", stellte Tenner überrascht fest.

„Außerdem will ich noch mal runter", warf Wari ein.

„Wir müssen eine Weile warten", erwiderte Sam mit Blick auf die Uhr.

Wari schüttelte den Kopf. „Ich gehe allein! Und zwar sofort! Die beiden Boote da hinten machen mir Sorgen. Bis später!" Sie schlüpfte einfach wieder unter der Reling hindurch. Ihren Sammelbeutel hatte sie mitgenommen.

Sam rannte zur Brücke, um am Monitor Waris Weg zu verfolgen. Der bestand auf den ersten Metern aus Blasen, weil Wari den Turbo einlegte. Sie bremste kurz über den Resten des Wracks, wobei sie mit der Flosse ganze Sandwolken aufwühlte. Wieder und immer wieder, bis sie triumphierend etwas Langes, Schmales hochhielt und mit Höchstgeschwindigkeit zurückkehrte. Sam kletterte die Leiter hinunter, weil eines der Boote immer näher kam. Wari katapultierte sich aus dem Wasser, umschlang seinen Hals und Sam kraxelte schwer atmend an Deck.

„Das will ich auch haben!", forderte Wari mit Nachdruck, sich gut im Rollstuhl tarnend, bevor sie ihren Fund auspackte.

Tenner pfiff durch die Zähne, Sam schüttelte ungläubig den Kopf. Vor ihnen lag ein erstaunlich gut erhaltener Dolch mitsamt edelsteinbesetzter Metall-Scheide.

„Ich will ihn haben!", wiederholte Wari.

„Ich auch", flüsterte Sam beeindruckt.

Wari schob Sam den Beutel zu. „Ist noch was drin."

„Oh, verschiedene Holzproben!" Er schaute Wari nachdenklich an. „Hm, mir kommt ja auch komisch vor, dass es vorchristlich sein soll, aber einen Schildbuckel aus späterer Zeit an Bord hatte. Ja, ich werde sie analysieren lassen. Herzlichen Dank!" Wari erwiderte das Küsschen mit einem glücklichen Lächeln.

Der neuerliche Fund an altbekannter Stelle rief Federico Pellegrino direkt auf den Plan. Er erschien persönlich am Pier, um die kostbaren Funde abzuholen. Obwohl er lächelte, wirkte er überaus gestresst.

„Haben sie dir wegen uns die Pistole auf die Brust gesetzt?", fragte Sam ganz direkt.

Federico schaute ihn erschreckt an, schüttelte aber den Kopf. „Mein offensichtlicher Stress ist nicht dienstlicher Natur", murmelte er bedrückt.

„Die Gesundheit?", wollte Sam wissen.

Wieder verneinte Federico, setzte aber hinzu: „Obwohl ich ja durch deine Fragen gemerkt habe, dass ich auch nach außen angegriffen wirke, was ich zu verbergen suche."

„Willst du reden?"

Federico hob hilflos die Hände.

Wari wechselte einen Blick mit Sam. „Wenn Tenner heute Abend seine Konferenz hat und Fiete mit Hilde in die Oper möchte, wäre die Gelegenheit zu einem Treffen in unserer Suite, das garantiert niemand stören wird."

Diesmal nickte Federico, ohne dass Sam erst fragen musste.

„Vielleicht habt ihr ja wirklich irgendeinen Tipp für mich", überlegte er laut. „Ich werde 20 Uhr bei euch sein."

„Ich bestelle drei Mal Essen aufs Zimmer", legte Sam in einem Tonfall fest, der keinen Widerspruch duldete. Dann half er Federico, die verschlossenen Boxen ins Auto laden. Dem wiederum war der wehmütige Blick Waris nicht entgangen. Er nahm sich vor, alle Eventualitäten zugunsten des Forscherpaares ausnutzen. Es dauerte ihn zutiefst, die hübsche junge Frau im Rollstuhl sitzen zu sehen.

Tenner kam heran. „Alles okay?"

„Bei uns und den Funden schon. Er scheint ein privates Problem zu haben. Wir haben ihn für den Abend eingeladen und werden sehen, wie es sich entwickelt." Sam streichelte wie zufällig Waris Wange.

Tenner horchte auf. „Ja, die richtigen Beziehungen sind manchmal überlebensnotwendig."

„Unbestritten!", gab Wari blinzelnd zu. „Mal sehen, wie es sich einrichten lässt, dass mein Wunsch nach den beiden Funden überleben kann."

Die unschuldige Miene ließ die Männer herzlich lachen. Keiner hätte eine Chance, ihren

Kräften zu widerstehen. Es war ziemlich sicher, dass sie ihre Beute für Sams Institut mit nach Hause nehmen werde. Sie wussten aber auch, dass es Wari nicht übertreiben werde. Es stand zu viel für Sam auf dem Spiel.

Federico erschien, der Location angemessen, im teuren Ausgehzwirn. Für Wari zauberte er einen Blumenstrauß hervor, für Sam eine Flasche Whisky. Sie freuten sich sehr und Sam orderte eine Vase. Er entkorkte den bereitstehenden Champagner, für Wari natürlich einen alkoholfreien, füllte die Gläser und sie stießen auf das Leben an.

Klar drehte sich sofort alles um das Schiffswrack und Sam fragte schließlich: „Kommt dir nicht irgendwas komisch an dieser Fundstelle vor, die aus vorchristlicher Zeit stammen soll?"

Federico stutzte.

„Ich meine ja nur, weil sich Artefakte aus so deutlich sichtbaren verschiedenen Jahrhunderten dort befunden haben", schob ihm Sam noch als Denkhilfe unter die Nase.

„Wie ist Ihre persönliche Meinung zu den unterschiedlich datierten Funden?", fragte Wari.

Federico schaute sie nachdenklich an. „Wir gehen von zwei untergegangenen Schiffen aus."

„Ach ja?", schmunzelte Wari mit deutlich hörbarem Spott. „Videos und Bilder vom Fundort Analysieren ist nicht Ihr Ding, vermute ich."

Federico wurde eine Spur blasser, wobei die Wangenmuskeln zuckten. „Mit wäre es allgemein lieber, wenn ihr das Material auswerten würdet. Ich kenne Sam schon lange genug, um seine Methoden als akribisch und detailliert ausgefeilt zu beschreiben."

„Wir würden die Funde wirklich sehr gern im Ganzen untersuchen, bewerten und versuchen, die Story dahinter zu begreifen."

Diesmal atmete Federico tief durch. „Unterschwellig möchtet ihr mir sagen, dass ich erwägen soll, sie euch als eine Art Dauerleihgabe zu überlassen?"

„Wenn das auch noch dabei herauskäme, ständen wir nicht unter Zeitdruck und könnten in Archiven recherchieren oder recherchieren lassen", erklärte Sam. „Die Publikationen wiederum würden direkt deiner Behörde zugutekommen. Das Zauberwort nennt sich Zusammenarbeit, wie du ja selber weißt."

„Nach so viel Appell an mein Gewissen, kann ich ja nur positiv entscheiden", grinste Federico.

Wari lächelte charmant.

„Kann es sein, dass dein privates Problem trotz allem mit der Arbeit zusammenhängt?", hinterfragte Sam, Federico fest in die Augen blickend.

Der nickte. „Ja. Ich werde von meiner letzten Ex fertig gemacht. Sie ist die Leiterin der Forschungsabteilung für vorchristliche römische Geschichte. Zwei Mal hat sie meine Daten wissentlich falsch an Museen gemeldet. Nur gut, dass ich beide Funde vorher schon in einer seriösen wissenschaftlichen Zeitschrift publik gemacht hatte. Das ist ihr natürlich direkt auf die Füße gefallen und nun wird sie richtig gemein."

„Dein einziges Plus scheint zu sein, dass dein Amt einer anderen Behörde unterstellt ist", überlegte Sam laut.

„Treffer", murmelte Federico bedrückt.

„Sie lieben Ihren Job, kleben aber nicht an Ihrem Posten?", hinterfragte Wari.

„Du meinst, wir sollten ihn, salopp ausgedrückt, mit nach Hause nehmen?", kicherte Sam.

„Meine ich", sagte Wari kurz. „Fiete will doch seine ehemalige Wohnung verkaufen. Warum nicht an Federico?"

Der riss die Augen auf. Er kannte Sams Arbeitsbedingungen, die persönliche Methoden, die Bezahlung für sein Können und er wusste ja um den Kontakt zu Tenner Wood. „Was würde euer Institut zu einer Bewerbung sagen?", flüsterte er.

„Fragen wir sie", schlug Sam vor, das Smartphone zückend.

Pit Ziegenhagen meldete sich schon beim zweiten Klingeln. „Kannst wohl nicht schlafen?", witzelte er.

„So ähnlich", grinste Sam. „Ich sitze gerade mit Wari Federico Pellegrino gegenüber. Kannst du ihn dauerhaft in unser Team integrieren?"

Es polterte am anderen Ende der Verbindung. „Jetzt habe ich vor Schreck glatt das Handy fallen lassen", kicherte Pit.

„Doch hoffentlich vor freudigem Schreck?", lachte Sam, während Federicos Augen Mühlradgröße annahmen.

„Was sonst!", rief Pit. „Zwei von eurem Format wären der Megahammer, zumal ich weiß, dass ihr richtig gut miteinander klarkommt. Er ist mir herzlich willkommen!"

„Sag ihm das gleich selber." Sam reichte sein Handy weiter.

Wari rieb sich sehr breit lächelnd die Hände, als wenige Minuten später der mündliche Vorvertrag in Sack und Tüten war. Wobei Federico keinen Hehl daraus gemacht hatte, dass es so noch viel einfacher war, die begehrten Artefakte dahin zu dirigieren, wohin sie Wari und Sam haben wollten. Er verlagerte ja nur sein eigenes Betätigungsfeld in andere Gefilde.

„Wir haben übrigens ledige Forscherinnen im Innenteam, die ganz deine Kragenweite sein dürften", ließ Sam mit hochgezogenen Augenbrauen fallen.

Wari und Federico prusteten los. Sam dachte eben auch ganz unkonventionell immer einen Schritt weiter.

Auf, zu neuen Ufern!

Als Hilde und Fiete absolut begeistert aus der Oper kamen, brannte bei Wari und Sam immer noch Licht. So klopften sie und wurden freudig hereingebeten.

„Oh, ihr feiert noch", staunten sie.

„Setzt euch, ihr kommt, wie gerufen!", schmunzelte Sam. „Federico würde gern Fietes freie Wohnung kaufen."

„Na, wie finde ich denn das!", kicherte Fiete. „So ein Zufall aber auch, dass just heute Abend die Meldung kam, Theas Habe sei bereits in einem Container eingelagert worden. Er kann sie praktisch sofort beziehen." Fiete nannte den Kaufpreis.

„Da schlage ich doch glatt zu", lachte Federico, von dem ganze Gebirge Sorgen abfielen. „Ich werde meinen Plunder auch per Container umsetzen." Auf Hildes Blick, weil die Straße sehr eng war, setzte er amüsiert hinzu. „Ich meine keinen Seecontainer. Ich wohne in zwei kleinen Zimmern, weil sich hier das Leben mehr auf der Straße als in denen eigenen Wänden abspielt."

„Es kann also weitergefeiert werden", kicherte Wari.

„Der Nächste bitte!", feixte Sam, als es erneut klopfte und Tenner vor der Tür stand.

„Ich habe noch Licht gesehen ..."

„Komm rein! Wir sind gerade richtig in Fahrt!", erklärte Sam.

„Perfekt. Ich habe nämlich auch eine Überraschung mit." Tenner legte eine schmale Aktentasche auf den Tisch. Er entnahm ihr einige Dokumente, die amtliche Siegel trugen und einen amerikanischen Pass. Er hielt ihn geöffnet Wari und Sam hin.

Beide zuckten zusammen und hauchten völlig synchron: „Wari Wood? Was bedeutet das?"

Die anderen wurden ebenso nervös.

Tenner grinste breit. „Völlig falsche Gedankengänge. Ich habe sie mir nicht per Beschluss als Gattin unter den Nagel gerissen. Ich habe Wari adoptiert, damit Sam sie offiziell heiraten kann."

Den losbrechenden Jubel konnte man als epochal beschreiben. Wari und Sam fielen Tenner um den Hals, lachten und weinten zugleich. Nur Federico verstand logischerweise Bahnhof.

„Wie hast du denn das hinbekommen?", staunte Fiete, sich ebenfalls Tränen aus den Augen wischend.

„Ach, ich habe den Verantwortlichen was von jungem Mädchen vorgefaselt, das als Tochter einer Obdachlosen geboren ist, und dessen Schicksal mir sehr nahe geht. Und da ich selber keine Kinder habe, möchte ich dem armen bedauernswerten Geschöpf etwas Gutes tun. Das Ergebnis liegt vor euch auf dem Tisch."

„Papa Tenner, du bist der Größte!", jubelte Wari. Die anderen nickten heftig.

„Damit Klarheit herrscht", fügte Tenner an, „Wari ist dadurch eines Tages meine offizielle Erbin. So habe ich bereits verfügt." Er zog das Testament hervor. „Passt noch ein Glas Champagner rein?"

„Auf so einen freudigen Schreck immer!", stammelte Sam, sich gleichzeitig die Hände reibend und orderte die nächste Runde.

Inzwischen erfuhr Tenner, was es noch für Neuigkeiten gab. „Du hast nicht zufällig deine zarten Fingerchen im Spiel?", wandte er sich blinzelnd an Wari.

„Ja, wer weiß das schon so genau?", gab sie mit Unschuldsmiene zurück.

„Ich glaube, wir sollten Federico ein großes Licht aufstecken. Der arme Kerl tappt völlig im Dunkeln und glaubt im falschen Film zu sitzen", schlug Sam vor.

„Wäre sinnvoll", schmunzelte Wari. „Habe selten solch ein Gedankenstroboskop erlebt." Sie öffnete den Schlupfsack. „Das ist der springende Punkt, warum es um mich derartigen Wirbel gibt. Dass Sie ein Leben lang darüber schweigen müssen, brauche ich sicher nicht zu verlangen. Sie wissen, was man sich über solche wie mich erzählt. Es ist zu 99,9 Prozent wahr." Sie schloss den Reißverschluss.

Federico hatte mit den Händen den jäh herabfallenden Unterkiefer gestoppt. Nun ließ er sie langsam sinken. „Für mich ist soeben ein Kindertraum in Erfüllung gegangen", flüsterte er mit glänzenden Augen.

„Einladung zur Hochzeit an alle Anwesenden soeben erteilt", grinste Sam.

Tenner lachte herzlich. „Ich habe vor, dir mein Töchterchen in drei Tagen antrauen zu lassen. Ich denke, das ewige Rom ist genau die richtige Stadt für eine ewige Liebe. Das Hotel ist der richtige Ort für eine grandiose Feier."

„Juhuuu! Ich darf bald Frau Röwer sein!"

Die Versammelten lachten herzlich, weil die Nixe wirklich völlig aus dem Häuschen war.

„Bitte keine Geschenke!", riefen Wari und Sam im Chor. „Das Wertvollste hat uns Tenner mit seiner grandiosen Idee gemacht, mehr brauchen wir nicht."

Federico saß still lächelnd in seinem Sessel. Er ahnte, warum sein Leben plötzlich eine solche Wende nahm. Er freute sich unglaublich auf die Tauchabenteuer, die er nun sicher auch erleben werde.

„Darauf darfst du Wetten", grinste Sam. „Ich kann zwar nicht Gedanken lesen, wie Wari, aber dein Gesicht sprach Bände."

„Ich lege jetzt erst mal das Du für Federico fest. Mir wird es sonst zu anstrengend", kicherte Wari.

Der freute sich natürlich riesig, in jeder Weise von der Nixe als Freund akzeptiert zu werden.

„Ich glaube, er wird heute von dir träumen", witzelte Sam.

„Wird sich nicht vermeiden lassen", grinste Federico burschikos.

Für den übernächsten Vormittag bestellte Tenner eine der namhaftesten römischen Brautmodendesignerinnen zu Wari. Am Nachmittag fuhr er mit den beiden zum altbekannten Juwelier, der sein Glück kaum fassen konnte, den Brautschmuck zusammenstellen zu dürfen. Dass Tenner seine Adoptivtochter mit dem Feinsten vom Feinen ausstatten ließ, war zu erwarten gewesen. Sam kümmerte sich um die Ringe. Ein Paar für die Zeremonie und Repräsentationszwecke, ein weiteres für den Alltag.

Wari versuchte, Haltung zu bewahren, weil sie die Geldbeträge glatt aus den Schuhen geworfen hätten, würde sie Füße haben. Fiete und Federico bereiteten sich indes auf ihren Einsatz als Trauzeugen vor.

„Trauzeuge bei einer Millionärshochzeit ... dass ich sowas mal erleben würde ...“, murmelte Federico halb begeistert, halb erschreckt, als Wari und Sam darum baten.

Tenner rieb sich sehr breit lächelnd die Hände. Gemeinsam berieten sie über alle Eventualitäten, da die Hochzeit von den Medien nicht unbeachtet bleiben werde. „Ich hatte ursprünglich vor, einen Trautermin im Vatikan für euch zu buchen“, verriet er schließlich. „Nur hilft da alles Geld der Welt nicht, weil die Wartelisten ellenlang sind und zu viele Dokumente eingereicht werden müssen. Waris Sicherheit hat oberste Priorität. Zudem kommt nur eine standesamtliche Trauung wirklich infrage, also habe ich mich für den Palazzo Vignola Mattei entschieden."

„Ahhh, ja den kenne ich!", riefen Sam und Federico zugleich.

Federico erklärte: „Das ist eine entweihte Kirche aus dem 6. Jahrhundert an den Caracalla-Thermen."

„Perfekt, um eine Märchenhochzeit für eine buchstäblich märchenhafte Braut zu zelebrieren", bestätigte Tenner im Brustton der tiefsten Überzeugung.

Waris Augen strahlten mit der Sonne um die Wette.

Im Institut in Deutschland war gerade späte Frühstückspause, auf dem gesplitteten Bildschirm liefen mehrere Nachrichtensender, wie immer, um informiert zu sein. Der italienische mit Ton, seit Sam dort die Behörden auf Trab hielt.

„... Wari Wood, die Adoptivtochter des Multimillionärs Tenner Wood, dem international bekannten Archäologen Dr. Sam Röwer das Ja-Wort ..."

Klaas hechtete quer durch den Raum, schaltete auf Vollbild und Vollton. „Das gibt es doch nicht!"

Mit offenen Mündern verschlangen die Team-Mitglieder die brandheißen News.

„Das sind wirklich unser Sam und seine Wari!", staunte Klaas.

Pit schüttelte amüsiert den Kopf. „Die beiden verstehen es ausgezeichnet, Urlaub und Forschungsauftrag zu koppeln. Genau so, wie wir Sam kennen. Und da! Federico Pellegrino und Fiete Brandner als Trauzeugen, zusammen mit einem über alle vier Backen strahlenden Tenner Wood. Na, mich wundert rein gar nichts mehr."

„Die anderen Teams können sich warm anziehen, wenn das Gespann Sam und Federico mit Hintergrundakteurin Wari auftrumpft", rieb sich Jens die Hände. „Da werden im Akkord Fundstücke restauriert."

Klaas atmete tief durch. „Ich hab den alten Märchenonkel Fiete immer für verdreht im Kopf gehalten. Sam hing buchstäblich an seinen Lippen. Der Alte weiß wohl doch mehr, als ich mir in meinen kühnsten Träumen ausmalen kann."

„War schon immer Sams riesengroßer Vorteil, sich mit den ganz Alten zu unterhalten", bestätigte Pit. „Sein Motto lautet: In jedem Märchen steckt ein Körnchen Wahrheit, man muss es nur zu finden wissen."

„Wenn es so einfach wäre, wie es klingt", seufzte Klaas.

„Dann wäre es ja keine Forschungsarbeit", schmunzelte Jens. „Vor den Lohn hat der liebe Gott den Schweiß gesetzt."

Klaas blies die Wangen auf. Die anderen grinsten sich eins.

„Ich werde jetzt erst mal eine ordentliche Gratulationsmail für unsere Turteltauben zusammenzimmern", gab Pit bekannt. „Zudem wundert mich rein gar nichts mehr, wenn Wari Woods Adoptivtochter ist. Da hat sie wirklich alle Verbindungen, die wir uns nicht mal ausmalen können."

„Aber eine Mail vom ganzen Team!", rief es von allen Seiten.

„Sogar vom ganzen Institut", legte Pit fest. „Das sind wir Sam schuldig."

Er trug das Ansinnen an Leitung und Software-Trupp heran, die einen kleinen Gratulationsclip für das frisch vermählte Paar zusammenstellten. Drei Stunden später waren Ecken und Kanten rund gefeilt, sodass die Mail versandt werden konnte.

Das junge Paar und die Gäste lachten Tränen, denn die Programmierer hatten mittels KI auch jene Sequenzen in einen Cartoon gewandelt, wo Wari Sam den Lorbeerkranz aufsetzte. Unterlegt mit Klaas' Worten: Samsius Germanicus Caesar mischt Rom auf.

„Kann ich bestätigen", japste Federico. Nun freute er sich noch mehr auf die neuen Herausforderungen. Seinen Posten bei der Behörde hatte er bereits gekündigt, der Container für den Hausrat war bestellt. Bis im nächsten Monat der Vertrag mit Sams Institut anlief, war er Privatmann und konnte tun und lassen, was ihm beliebte. Tenner Woods Angebot, von seiner Jacht aus mit dem Tauch-Team zu agieren, hatte er sofort und liebend gern angenommen.

„Hervorragend! Wieder ein bisschen mehr Sicherheit für Wari", freute sich Sam.

Klar bekamen die Kollegen in Sams Institut ein Video mit den herrlichsten Augenblicken des Tages. Das Eintreffen der wunderschönen, strahlenden Braut beim Standesamt, das Ja-Wort und den Hochzeitswalzer, wo Sam seine Liebste kurzerhand in den Arm genommen und mit ihr ohne Rollstuhl eine große Saalrunde getanzt hatte. Auch mehrere Sequenzen, wo sie im Rollstuhl sitzend, mit allen Herren ‚getanzt‘ hatte. Die rauschende Feier endete im Morgengrauen.

Am späten Nachmittag nahmen sie noch einmal zu viert das Wrack unter die Lupe. Federico gab neidlos zu, dass keiner auf die Idee gekommen war, da im Boden zu wühlen, wo es nichts Interessantes zu sehen gegeben hatte. Man hatte ja sogar mit einem Saugschlauch gearbeitet. Nur halt an der falschen Stelle, wie Waris Funde bewiesen.

Wenige Tage vor der Heimreise meldete sich der Hersteller der Kamera, um jetzt schon einen vollständigen ersten Einsatzbericht zu erbitten. Wari und Sam hatten so viele Stichpunkte notiert, dass Sam sie nur noch in Sätze fassen und mit Bildmaterial unterlegen musste.

24 Stunden nach dem Absenden klingelte Sams Handy. „Wie sind Sie denn in solche Tiefen gekommen?“, fragte ein Entwicklungstechniker.

„Wir haben die Kamera programmiert und einen Tauchroboter runter geschickt“, gab Sam geistesgegenwärtig Auskunft.

Wari atmete tief durch. Es wäre ein echtes Problem geworden, hätte er von einem Tauchspezialisten gesprochen, den der Hersteller dann vielleicht kennenlernen wollte. Auch Tenner wischte sich theatralisch über die Stirn.

„Meine Güte, ich habe echt nicht daran gedacht, dass das Gerät die Tauchzeiten und Tiefen mit aufzeichnet", stöhnte Sam.

„Antwort perfekt, alles perfekt", lachte Wari.

„Bei uns nicht ganz", seufzte Fiete. „Ich muss wegen ein paar Unterschriften persönlich beim Anwalt antraben. Das heißt, Hilde und ich sollten morgen nach Hause fliegen."

Federico kratzte sich an der Stirn. „Bei mir auch nicht. Mein Container ist abholbereit. Nur kann ich ihn nicht eine Woche auf der schmalen Straße parken."

Sam zückte das Handy. „Hallo Pit, habt ihr für ein paar Tage einen Stellplatz für Federicos Umzugscontainer? Klappt? Prima. Einer von uns meldet sich, kurz bevor er ankommt. Lieben Dank. Ciao!"

„Wow", flüsterte Federico. „Wenn die Wohnung eingeräumt ist, schmeiße ich eine Dankesparty!"

„Mein Smutje kann euch morgen zum Flughafen fahren", gab Tenner für Hilde und Fiete bekannt.

„Prima. Wir fliegen bis Rostock und nehmen für die letzten Meter den Bus", strahlte Fiete. „Der hält ja auch noch fast vor unserem Haus."

„Oh!" Federico riss die Augen auf.

„Vergiss es!", lachte Sam. „Du wirst von uns gekidnappt. Forschungsauftrag, wenn du verstehst."

Tenner nickte dazu mit breitem Grinsen. „Wir fliegen auf dem Heimweg auch das erste Stück und nehmen ab GB mein anderes Schiffchen."

„Ach, dann gibt also doch mehrere?!", staunte Federico.

„Drei", gab Tenner grinsend zu. „Die irgendwann alle mein Töchterchen erben wird."

„Lass dir ja Zeit damit!", forderte Wari mit erhobenem Zeigefinger.

„Einverstanden", kicherte Tenner.

„Verrückte Bande", murmelte Federico. „Na ja, werde mich schon noch dran gewöhnen."

„Wäre besser", schmunzelte Sam und wandte sich an Wari: „Was hält Frau Röwer von einem nächtlichen Tauchgang, um einfach nur Tiere zu filmen?"

„Ziemlich viel! Gehen wir alle runter?"

„Tun wir", versprach Tenner. Er gab der Crew Bescheid, sie am Monitor dabei beobachten zu dürfen.

Wari schnappte sich die teure Kamera. Sie war die Einzige, die schnell genug schwimmen konnte, um richtig spektakuläre Aufnahmen zu machen. „Tauchroboter bereit!"

Sam grinste vergnügt. „Hoffentlich wollen die den nicht klonen."

Tenner wedelte wild mit beiden Händen. „Nix da! Streng geheimes Forschungsobjekt!"

Federico schüttelte amüsiert den Kopf. Sams lockere Art, einem trotzdem streng disziplinierten Plan zu folgen, hatte ihn schon immer beeindruckt. Zudem war Frau Röwer die beste Rettungsschwimmerin weltweit, da folgte er ohne Zögern auf nächtliche Fotopirsch in finsterer Tiefe.

Das ging auch gleich damit los, einem rund zwei Meter langen schlanken Hai zu begegnen.

Wari umkreiste ihn mit der Kamera. *„Schau an, ein alter Bekannter. Hab übrigens schon einige in der Ostsee getroffen",* hörte Sam ihre telepathische Stimme.

„Blauhaie?", fragte Sam zurück.

„*Ja. Die fallen auf, weil die Farbe markant ist*", stellte Wari zufrieden fest und drehte ab, während der Hai rasch das Weite suchte. Der ungewöhnliche ,Fisch', der auch noch größer war, als er selber, verunsicherte ihn.

„*Mondfische!*", jubelte Wari im nächsten Augenblick und alle folgten ihr zu den majestätischen Giganten.

„*Wooooooow. Kalmare. Und wie herrlich die leuchten*", flüsterte es völlig überwältigt in Sams Gedanken. Seine ungewöhnliche Gattin schien rundum glücklich zu sein.

Tenner schaute dem stillen Spiel genau so gebannt zu wie die anderen. Die hatten die Paarungstänze der Kalmare auch noch nie zuvor mit eigenen Augen gesehen.

Sam zeigte auf die Uhr und mit dem Daumen nach oben. Vor lauter Schauen und Staunen hatten sie die Zeit verpasst.

„*Wir müssen auf halber Strecke eine Pause einlegen*", erklärte Sam telepathisch.

„*Ich bleibe bei euch*", versprach Wari. Sie umkreiste die Drei, um alle im Auge behalten zu können. Hin und wieder machte sie einen Schnappschuss von eilig vorbei ziehendem

Getier. Auch der Blauhai kreuzte noch einmal auf, um sofort wieder zu verschwinden.

„*Schisser*", brummte Wari, worauf Sam einen Lachanfall bekam. Den musste er natürlich den anderen erklären, kaum auf der Jacht angekommen.

„Ich vergesse immer wieder, dass ihr beide miteinander telepathiert. Vielleicht hat ja auch der Hai deine Gedanken gelesen und ist deshalb abgehauen?", kicherte Tenner.

„Glaube ich nicht", lachte Wari. „Großes Maul und Spatzenhirn, die checken nix. Auf ein Wettschwimmen, um selber nicht gefressen zu werden, möchte ich mich mit denen trotzdem nicht einlassen."

„Gefressen werden war das Stichwort." Tenner deutete über seine Schulter, wo gerade ein reichhaltiges Buffet aufgebaut wurde. „Abschied von Ostia und Rom. Morgen geht's ja schon wieder Richtung Deutschland."

„Mir wird das klare warme Wasser fehlen", seufzte Wari. „Da kann man sich verdammt schnell dran gewöhnen."

„Dann müssen wir wohl alle jedes Jahr einen gemeinsamen Urlaub in südlichen Gefilden machen, der sich mit einem Forschungsauftrag koppeln lässt", schlug Tenner vor.

Sam blinzelte Wari zu. „Klingt nach einem echt guten Plan."

Fiete und Hilde meldeten sich am Vormittag wohlbehalten aus ihrem Domizil, Federicos Container wurde problemlos als Luftfracht verladen und Wari machte ihrem Ruf als gute Fee alle Ehre, indem sie den Hotelmanager von ganz üblen Ischiasschmerzen befreite. Er spendierte ihr eine mehrstöckige Schachtel handgemachten Konfektes, das Wari mit riesengroßer Freude entgegennahm.

„So lange er hier das Sagen hat, wirst du immer besonders hofiert werden", prophezeiten Sam und Tenner.

„Gut, zu wissen", blinzelte Wari.

Man verlegte die Heimreise um einen Tag, weil Sam ja noch den Mietwagen zurückgeben musste und auch keiner Lust hatte, zeitig aufzustehen, nachdem man die halbe Nacht gefeiert hatte. Tenners Crew rieb sich zufrieden die Hände. Die sollte, bis auf die üblichen zwei Bewacher, endlich auch mit geordnetem Rückzug nach Hause fliegen. Sollte. Nur kam es ganz anders. Die Männer baten fast auf Knien darum, den kommenden Törn fahren zu dürfen.

„Wegen Mrs. Röwer?", fragte Tenner kurz und bekam von allen so heftiges Nicken, dass er weich wurde. Er buchte kurzerhand einen Linienflug für seine Männer.

Das Taxi war pünktlich und Federico wartete auch schon am Flughafen. „Es sind ein bisschen mehr als 30 kg Tauchgepäck", sagte er zaghaft, auf seine Taschen zeigend.

„Und du meinst, das interessiert hier irgendeinen?", lachte Tenner. „Mein Flugzeug, meine Regeln, solange das Gesamtgewicht nicht überschritten wird."

„Entspanne dich", schlug auch Wari grinsend vor. „Ich hätte im schlimmsten Fall als Ausgleich gar kein Tauchgepäck dabei."

Federico verdrehte lustig die Augen. Die Gesamtsituation verwirrte ihn immer noch reichlich.

Unterwegs verriet Tenner, dass man der Crew wegen noch einen Tag einschieben werde. Das junge Paar Röwer konnte die Männer bestens verstehen. Sie schauten nur sehr überrascht, als der Kleintransporter in Großbritannien plötzlich mit dem Gepäck verschwand und sie stehen ließ.

Tenner grinste. „Ich habe eine Überraschung für Wari. Weil meine Crew ja eh noch nicht da ist, wir also gar nicht die Leinen losmachen können."

„Stimmt!", sagten alle im Chor.

Tenner dirigierte sie zu einem Helikopter. Waris riss freudig erschreckt die Augen auf. Huberschrauber-Flug! Was für ein Erlebnis! Da ahnte noch keiner, wohin dieser gehen werde. Denn alle waren der Überzeugung, es werde ein kurzer Rundflug sein. Stattdessen startete das Fluggerät und zog schnurgerade ins Landesinnere.

„Da! Da unten!", rief Wari aufgeregt. „Das muss Stonehenge sein!"

„Richtig!", schmunzelte Tenner. „Ich wusste doch, du würdest dich freuen!"

„Ich mich auch!", riefen Sam und Federico wie aus einem Mund.

Sie umkreisten in der Luft ein paar Mal den gigantischen Steinkreis, was Sam geistesgegenwärtig mit dem Handy filmte. Die Nixe war selig.

Der Pilot setzte sie direkt am Hafen ab, wo die Mannschaft schon das Schiff startklar gemacht hatte. Ehe sie aber in See stechen konnten, meldete sich der Hersteller der Hightech-Kamera erneut, um diese in einer Videokonferenz Sam privat zu übereignen, mit der Bitte, in regelmäßigen Abständen kurze Einsatzberichte zu senden. Sam sagt das als Gegenleistung sofort mit größter Freude zu. Wari strahlte übers ganze Gesicht. Sie hatte eher damit gerechnet, dass das Gerät ins Eigentum Tenners oder des Instituts übergehen werde.

„Das wird heute Abend deftig gefeiert!", versprach Sam, nicht weniger glücklich aussehend.

„Wir sind doch gut in Übung", rieb sich Tenner die Hände. „Das Lager ist bestens bestückt das Wetter gut, die See ruhig. Und mein Steward verdreht immer noch voller Wonne die Augen, weil er Wari harmlose Sonderwünsche erfüllen darf."

„Das werden wir ihm auch ganz bestimmt nicht madig machen", kicherte Sam. „Zu Hause müssen wir ja wieder selbst die Ärmel hochkrempeln, wenn wir Wünsche haben."

Der Kreis schließt sich

Als sie Tage später in der Nähe des sehr tief auf dem Grund liegenden Wracks ankerten, tauchte Wari mit kompletter Ausrüstung ab. Inzwischen beherrschte sie es perfekt, mittels der Hightech-Kamera weiträumige Messungen vorzunehmen, hatte aber auch ein Stahlmaß und sogar Waffen dabei, um sich bei Angriffen effektiv wehren zu können. Sie übermittelte handgemessene Daten telepathisch an Sam, um nicht mühevoll per Hand Zeichnungen erstellen zu müssen. Sam trug die Maße sofort am Laptop in die gesendeten Bilder ein. Federico saß beeindruckt neben ihm und staunte. Nach zwei Stunden intensiver Arbeit tauchte Wari auf.

„Schade, ich habe noch kein Stückchen Ladung entdeckt. Wahrscheinlich sind es Dinge, die nichts mit Metall zu tun haben. Ich kann sie einfach nicht orten", seufzte sie.

„Sei nicht traurig", schlug Sam vor, ihre salzigen Lippen küssend. „Deine erhobenen Daten sind schon ein reicher Schatz an Informationen."

„Oh, wirklich?"

„Ganz wirklich", pflichtete Federico bei. „Wir selber bräuchten Wochen oder Monate, um so weit zu kommen. Falls wir überhaupt die nötige Tauchtechnik zusammenscharren könnten."

Wari Miene hellte sich auf. „Okay, ich höre auf, zu nörgeln."

Tenner lachte herzlich. „Na, wenn das bisschen Unzufriedenheit Nörgeln ist, bin ich ein Dauernörgler."

„Möglich, dass der Segler Lebensmittel in Körben an Bord hatte, oder gar Stoffe", überlegte Sam laut. „Auch die starke Strömung kann alles irgendwohin verteilt haben."

„Fahren wir weiter", bat Wari.

„Gut so", bekräftigte Sam und Tenner gab die entsprechende Befehle an seine Crew. Dann schaute er Sam und Federico neugierig über die Schultern, die mittels KI begannen, die vermessenen Teile zu einem Schiff zusammenzusetzen.

„Wooooow! So sah mein Fund vor dem Sinken aus?", hauchte Wari verzückt, als Sam noch fünf rostrote Segel an die beiden Masten zauberte. „Das ist ja ein besonders schöner Ewer. Bin richtig stolz, ihn wiederentdeckt zu haben."

„Ich werde ihn dir als kleines Modell bauen lassen", versprach Tenner.

„Für deine zukünftige Werkstatt, Frau Röwer", merkte Sam blinzelnd an.

„Juhuuu! Ich hatte glatt vergessen, dass ich nun auf dem Papier ein richtiger Mensch bin!"

„Du hättest die Werkstatt in jedem Fall bekommen. Für alles andere wäre uns schon was eingefallen", schmunzelte Sam.

„Eine Werkstatt?", staunten Tenner und Federico.

„Ja, ich habe ihr eine Töpferwerkstatt mit Brennofen auch für Skulpturen versprochen", verriet Sam, den beiden auf dem Handy Waris Kürbisschnitzerei zeigend.

„Hach, ich freue mich drauf!" Wari strahlte wieder einmal übers ganze Gesicht.

Im Zielhafen wurde der Abschied von der Crew und von Tenner sehr emotional, auch wenn Tenner schwor, stets für seine kleine Familie erreichbar zu sein, sich jede Woche zu melden und spätestens in einem Jahr wiederzukommen.

Die nächsten beiden Tage verbuchte Sam noch als Urlaub, weil er Federico beim Möbelaufbau und Einrichten der Wohnung helfen wollte. Zudem kannte er sich bei den Behörden aus, wo sich der Italiener nun an- oder ummel-

266

den musste. Hilde bekochte die beiden, weil sie den kürzesten Weg hatte.

Der erste Arbeitstag im Institut artete eher zu einem ganztägigen Freudenfest aus. Es waren am Vortag zwei als antike Kulturgüter deklarierte Kisten auf Federicos Namen angekommen, die sogleich geöffnet wurden. Sam filmte aus einer Eingebung heraus.

Federico lugte unter den ersten Deckel, den er aber nicht abhob. „Schalte am besten Wari live zu", schlug er vor.

„Das sind doch nicht etwa ...?", hauchte Sam.

„Ich schätze ja", gab Federico lächelnd bekannt.

Augenblicke schaltete sich Wari zu und konnte miterleben, wie ihre wundervollen Schätze aus dem Meer vor Ostia ausgepackt wurden. Sie wischte immer wieder Freudentränen weg, weil sie auch zusehen durfte, wie ihre Funde in den Safe gebracht wurden, um später akribisch gereinigt und für das Museum aufbereitet zu werden.

Sam kam zum Feierabend mit Federico mit nach Hause. Wari legte sofort noch ein Gedeck auf. Federico zog zwei Champagnerflaschen aus der Aktentasche.

„Oh! Es kann wohl wieder mal gefeiert werden?", schmunzelte Wari.

„So ist es", bestätigte Sam. „Wir haben es nämlich heute schriftlich bekommen, dass das besondere Wrack vor Ostia tatsächlich aus Kaiser Trajans Zeit stammt."

„Trajan? Ist das nicht der, wegen dem ich überhaupt nach Rom wollte?", staunte Wari.

„Richtig! Das ist er. Die Datierung der deiner geborgenen Holzproben hat es eindeutig ergeben", bestätigte Sam.

„Und ich habe in einem Archiv einen Hinweis gefunden, dass vor Ostia ein Schiff mit Mann und Maus untergegangen sein soll, welches sehr wertvolle, damals schon antike, Reichtümer des Kaisers an Bord hatte, die zu einem Tempel gebracht werden sollten", erzählte Federico. „Das erklärt auch, warum Gegenstände verschiedener Epochen in dem Wrack geborgen wurden."

„Na, wenn das kein gelungener Abschluss einer Forschungsreise ist, dann weiß ich auch nicht", jubelte Wari.

„Für mich ist es noch in anderer Weise ein Freudenfest", verriet Federico. „Meine Ex hat auch die Daten der ersten Proben absichtlich verfälscht. Jetzt hat sie mehrere Anzeigen am Hals und wird sich für alles verantworten müssen."

„Als Nächstes befassen wir uns intensiv mit deiner Werkstatt, damit dein Küstensegler-Modell einen würdigen Platz bekommt", versprach Sam. „Aber vorher feiern wir noch die Hochzeit von Fiete und Hilde, daran geht kein Weg vorbei."

Wari nickte begeistert. „Feiern ist cool. Besonders diese wird es werden! Immerhin ist er ein ältester Sohn und du einmal sein Erbe. Ich bin rundum glücklich, so sollen es all meine Lieben auch für das ganze Leben sein. Großes Nixenehrenwort!"

„Papa Tenner wird ebenfalls kommen", merkte Sam an.

„Au fein! Dann können wir ja gleich ein neues Forschungsprojekt für nächstes Jahr planen!", jubelte Wari. „Ähhh ... ich meine, wenn euch das nicht zu anstrengend ..."

Der Rest des Satzes ging im schallenden Lachen der Männer unter.

„Ich denke, wir werden dank deiner Hilfe noch viele bedeutende Funde machen, auch wenn wir es etwas ruhiger angehen", blinzelte Sam.

Abends, als Federico nach Hause gegangen war, kuschelte sich Wari auf dem Sofa an Sam. „Weißt du, was ich mir noch wünsche? Obwohl ich denke, dass das unmöglich sein wird."

Sam schüttelte mit fragendem Blick den Kopf.

„Ein Baby als ältesten Sohn", flüsterte Wari kaum hörbar.

Sam drückte sie fest an sich. „Das besprechen wir mit deinem Papa. Der hat ganz andere Möglichkeiten als wir."

„Du meinst Adoption?", wisperte Wari hoffnungsvoll.

„Ganz genau so", bestätigte Sam.

„Hmm, das wäre toll." Waris Blick ging in weite Ferne. „Jetzt genieße ich es erst einmal in vollen Zügen, deine richtig echt angetraute Frau zu sein. Was die Zukunft für uns bereit hält, werden wir sehen."

„Mit dir, an meiner Seite, kann es nur Gutes sein", strahlte Sam. „Lassen wir uns einfach überraschen."

ENDE

Mehr Informationen

zu meinen weiteren Büchern

(gedruckte Versionen, E-Books, Hörbücher)

unter:
www.sinas-drachen.com

oder hier:

FSC
www.fsc.org

MIX

Papier aus ver-
antwortungsvollen
Quellen

Paper from
responsible sources

FSC® C105338